SCARY
CHRISTMAS

34-36, rue La Pérouse, 75116 Paris
www.hugopublishing.fr

Ouvrage dirigé par Bertrand Pirel
Graphisme de couverture : Emmanuel Pinchon
Mise en page : Nord Compo
Visuel de couverture : © Shutterstock / ecrafts

ISBN : 9782755672121
Dépôt légal : octobre 2023
Imprimé en Espagne par Liberdúplex

EILEEN McMULLAN

SCARY CHRISTMAS

L'HISTOIRE DU PIRE NOËL...

Traduit de l'anglais (Écosse)
par Ian Manook

Hugo Poche
SUSPENSE

Le père Noël jaillit de nulle part, en pleine tempête, dans un tourbillon de neige, juste sous leurs roues. Une tempête d'une violence inouïe, jamais vue encore en Écosse. Un ouragan boréal furieux. Un cyclone de vents aiguisés, un blizzard glacial, et une neige lourde qui tombe en édredons. Elle capitonne le paysage d'une couette pesante qui se gèle aussitôt. Des rafales croûtent de verglas tout ce qui devait permettre de se repérer. Les nuages bas étouffent le jour. Une nuit blanche et opaque. Ils ne distinguent plus rien du paysage. Ni collines, ni arbres, ni même la route. Rien qu'un mur cotonneux qui les isole de tout et se referme sur eux. Coincés dans leur véhicule, ils ne sont plus que les sous-mariniers perdus d'improbables bathyscaphes, dans les abysses sans fond d'un océan de neige.

Une lueur au plus épais de la tourmente. Une pulsation. Des halos orangés et diffus comme un cœur essoufflé loin derrière les flocons affolés. Mains cramponnées au volant, front contre le pare-brise, le petit homme, distrait, cherche à deviner ce que c'est et ne voit pas surgir le père Noël. Santa Claus transperce le rideau de neige, se jette sur eux bras en croix, et s'affale sur la voiture. Le choc les saisit. Ils hurlent. Le père Noël sidéré, aussi surpris qu'eux, les regarde à travers le pare-brise, puis glisse sur le capot et disparaît sur le côté de la voiture. Le coup de frein expédie la Saab de travers et la voiture dérape jusqu'à buter contre une congère. Un 24 décembre, mauvais jour pour écraser le père Noël.

Derrière, au volant d'un Range Rover collé aux trousses de la Saab, le type essaye depuis des heures de la dépasser à la première occasion. Il tente sa chance au moindre impossible espace, fait rugir de rage son moteur, aboie de tous ses phares, mais cette fois, surpris, il saute à son tour sur les freins. Le Range Rover part en crabe et s'immobilise de côté en travers de ce qu'on devine de la route. La troisième voiture freine, elle aussi trop tard, et vire des quatre roues en valse lente, revient dans le sens de la route en glissade et emboutit la portière du Range Rover. Les quatre autres véhicules qui suivent parviennent de justesse à ne pas s'enquiller les uns dans les autres. Furieux, le type du Range Rover sort de sa voiture et enfonce ses mocassins dans la poudreuse. Malgré la neige et le vent qui le harponnent d'une mauvaise rafale, le froid qui lui râpe les oreilles jusqu'au sang, il se précipite vers la Saab.

– Tu ne pouvais pas me laisser passer pour que j'ouvre la route avec mon 4x4, non ? Sombre idiot, regarde où nous en sommes, maintenant !

– Ma Saab tient très bien la route, se vexe l'autre.

– Ah oui ? Et qu'est-ce qu'elle fait le nez dans une congère, alors ? Regarde où sont les autres à cause de toi !

– Fallait pas me suivre de trop près. Fallait garder vos distances.

– Mes dernières distances, bonhomme, je sens que je vais les perdre vite fait en même temps que ma patience, s'énerve l'homme au Range.

– Écoutez, moi, je n'y suis pour rien, c'est à cause du père Noël… répond l'autre par sa vitre à peine entrebâillée à travers laquelle un vent à décrocher les Christ glisse des ongles de glace acérés comme des dagues.

– Quoi, le père Noël ?

– Vous croyez que je suis assez fou pour freiner sans raison en pleine tempête de neige ? Le père Noël s'est jeté sous mes roues et je l'ai renversé !

– Ah oui ! Le père Noël ! Et tu t'es aussi emplafonné Rudolphe le renne au nez rouge et toute sa bande, je suppose. Dis plutôt que tu as pris une avance de pochetron sur le réveillon. Tu as bu, c'est ça ? Tu es cuivré ?

L'homme de la Saab descend à son tour, aussitôt décapé de son bonnet que l'autre rattrape de justesse. Petit, l'air triste et fatigué, engoncé dans un manteau sans élégance. Une femme reste sur le siège passager, sans un regard pour eux. D'une voix sèche, elle ordonne au petit homme de refermer cette bon Dieu de fichue porte. Le grand gaillard du Range Rover se dit qu'à l'entendre parler, ces deux-là sont sûrement abonnés à l'auberge du cul tourné. Le petit homme de la Saab, lui, reste sidéré, à regarder les manches de son manteau. En quelques secondes, la neige y a déposé en silence un bon centimètre de flocons qui tiennent et s'entassent sans fondre. L'homme au Range Rover lui remet son bonnet sur la tête, d'un geste presque attentionné, et l'enfonce à deux mains jusqu'aux yeux.

– La porte ! hurle sa femme.

– C'est vrai que papa a écrasé le père Noël ? sanglote un petit garçon sanglé à l'arrière, le visage aussi triste que celui de son père à qui il ressemble beaucoup trop.

Tant pis pour ton destin, gamin, pense l'homme au Range. Minus et minable comme papa.

– C'est vrai ? redemande le gosse.

– Oh, assez, toi, fiche-nous la paix avec tes enfantillages ! se fâche la passagère. On ne renverse pas un truc qui n'existe pas.

– Si, il existe ! rétorque le garçon. Je lui ai même écrit !

– Tais-toi, j'ai dit ! Tu en veux une, ou quoi ?

– Linda, je t'en prie, supplie le petit homme, garde ton calme, s'il te plaît, le petit…

– Toi aussi ferme-la, regarde où tes raccourcis idiots nous ont conduits ! Et puis ferme cette putain de portière, nom de Dieu !

– Oui, papa. La porte, s'il te plaît, j'ai froid moi aussi ! implore le petit garçon.

Dans le mouvement qu'il fait pour refermer la portière, l'homme relève les yeux et sursaute.

– Là ! hurle-t-il dans un cri qui s'étrangle quand une bourrasque lui engorge la bouche de flocons épais.

Dans un tourbillon de poudreuse, une forme se relève et l'homme au Range plisse les yeux pour mieux voir.

– Nom de Dieu… souffle-t-il entre ses lèvres déjà bridées de givre.

Sous ses yeux, le père Noël se relève, sonné, et titube à tâtons jusqu'à la voiture pour s'y appuyer et reprendre ses esprits. Le type au Range Rover le regarde, éberlué.

– J'y crois pas ! C'est quoi, ça, encore ? grogne-t-il. J'ai loupé le panneau passage de rennes ?

– Ah, vous voyez que je ne suis pas fou, se réjouit le petit homme à la Saab.

Le père Noël reprend ses esprits, se rajuste, se redresse, et ils découvrent que c'est une sorte de molosse. Un géant. Et si son nez glacé est rouge de froid, son visage cramoisi est turgescent d'une bouillante colère facile à deviner. L'homme au Range, accoutumé aux esclandres, préfère prendre les devants.

– Non mais vous avez vu ce que vous avez provoqué avec vos conneries ? hurle-t-il. Vous avez vu l'état de mon Range ? Vous ne pensez pas que vous avez passé l'âge de jouer à Santa Claus ? J'espère que vous avez un constat à l'amiable dans votre traîneau, parce que sinon ça va se régler aux…

La réaction du père Noël surprend les deux automobilistes.

– Pauvres imbéciles, qu'est-ce que vous croyez que je fiche sur la route au beau milieu de cette tempête ? Vous croyez vraiment que je m'amuse ? Vous croyez vraiment que je fais le guignol habillé en pub Coca-Cola en pleine fin du monde polaire par plaisir ? Je viens de risquer ma vie pour sauver les vôtres, bande d'abrutis !

L'homme, la fausse barbe et la fausse moustache givrées de stalactites, les sourcils perlés de glace, le bonnet et les épaules matelassés de neige, affiche une fureur qui pousse les autres à une silencieuse prudence.

– Qu'est-ce que vous fichez encore sur cette route ? reprend le père Noël. Vous n'avez pas entendu les bulletins d'alerte ? Ça ne passe pas, nulle part, plus du tout ! C'est bloqué de partout. La route de Gualachulain qui descend jusqu'aux rives du loch Etive est fermée. Plusieurs véhicules, dont un autocar et un camion, se sont empilés en bas de la pente après avoir glissé sur plus d'un kilomètre et on ne sait même pas comment y envoyer les secours.

– Merde ! jure l'homme au Range, alors il va falloir faire demi-tour et retourner sur Invercharnan pour… ?

– Vous êtes bouché comme un évier ou quoi ? Vous voulez vraiment que je vous secoue le siphon ? C'est bloqué de partout, j'ai dit, et ça veut dire derrière vous aussi. C'est même pire encore. La route en lacets que vous avez montée pour venir jusqu'ici est impraticable, maintenant. Avec un mètre de neige par-dessus, vous ne seriez même plus capables de la repérer. Je suis venu vous prévenir. Vous êtes les sept derniers véhicules sur cette route entre Invercharnan et Etive. Vous n'avez pas d'autre choix que de vous réfugier au manoir de Breitheamh. C'est à trois cents mètres à peine sur la gauche. Le seul abri que vous trouverez. Après, il n'y a plus rien à des kilomètres à la ronde.

– Attends, c'est quoi cette connerie ? Et d'abord tu es qui, toi, déguisé en fraises chantilly pour faire la circulation et décider de ce que nous devons faire ou pas ?

– Je suis du coin. J'ai une ferme du côté de Coileitir. J'allais jouer les pères Noël pour mes petits-enfants, sur les rives du loch Etive, quand je me suis retrouvé bloqué par cette fichue tempête. Je connais chaque route, chaque chemin, chaque détour de ce pays. Pour vous, c'est Breitheamh ou demain il faudra venir vous déterrer sous deux mètres de neige, raides gelés comme des Mister Freeze.

– Ah, je vois, tu es le voiturier racoleur du manoir, c'est ça, hein ? Le racoleur de service pour réveillon en mal de clients. C'est pour ça que tu t'amuses à allumer des guirlandes en pleine tempête ? C'est un sapin que tu nous as enguirlandé là-bas ?

– Pauvre con, ce sont les clignotants de mon tracteur. Quand j'ai vu l'état de la route, je l'ai équipé d'un racleur. C'est un John Deer, un 8R 410, de 458 chevaux. Je me suis dit qu'avec ça, je pourrais au moins aller jusqu'à Gualachulain, mais même avec un tel engin, ça ne passe pas. Ça tombe trop vite et trop fort.

L'homme au Range n'a pas écouté. Il est resté bloqué sur le début de la phrase.

– Comment ça, pauvre con ? Écoute-moi bien, Santa Claus de mes deux, la prochaine fois que tu me traites de…

– Bon, que fait-on, alors ? intervient le petit homme qui se gèle et sent l'embrouille s'envenimer.

– Je vous l'ai dit, c'est Breitheamh Manor ou on vous retrouve congelés dans vos voitures après la tempête. Si elle se calme !

– Qu'est-ce que ça veut dire ?

– Ça veut dire que ni la télé ni la radio ne sont capables de prévoir quand ça s'arrêtera. Personne n'a jamais vu ça sur l'Écosse. La pire tempête de froid depuis qu'on enregistre les relevés météo.

– Et vous pensez que…

– Écoutez-moi bien une dernière fois avant que je ne vous plante là : regardez vos épaules, il tombe plus d'un centimètre de neige par minute. Ça fait deux bons pieds par heure. Continuez à tergiverser et bientôt vous ne pourrez même plus bouger d'ici. Attendez une heure de plus et on ne verra même plus vos bagnoles.

– Désolé, mais moi mon 4 × 4…

– Mais je me fous de ton 4 × 4, on se fout tous de ton 4x4, le monde entier s'en fout. Remonte dedans et va mourir de froid à l'intérieur. Fais comme tu veux. Moi, j'accompagne ceux qui veulent aller jusqu'au manoir. Les autres, qu'ils dégagent la route et qu'ils se démerdent !

– Il a raison, dit l'homme à la Saab. Vous devriez venir avec nous. De toute façon, quoi que vous ayez prévu, votre réveillon est fichu.

L'homme au Range se doute bien que c'est la solution la plus sage. La seule, même, finit-il par admettre, et il enrage de devoir se ranger à l'avis du père Noël.

– Bon, d'accord, bougonne-t-il, je me remets dans le bon sens et je vous suis.

– Commencez donc par aider les autres. N'oubliez pas que c'est Noël : on s'aime et on s'entraide.

L'homme au Range grogne quelque chose à propos de sa portière emboutie et de l'entraide son cul, mais il fait signe au petit homme qu'il va l'aider à tirer la Saab hors de l'ornière.

– Je m'occupe de prévenir les autres, dit le père Noël, on se met en convoi et je vous guide jusqu'au manoir. Au moins vous y passerez Noël au chaud.

– Nous allons vraiment devoir passer le réveillon dans ce manoir ?

– Noël déjà, c’est sûr, mais peut-être bien le Nouvel An aussi, si cette fichue tempête ne s’arrête pas.

Breitheamh Manor. Une architecture sévère et sombre. Tourmentée. Tarabiscotée de tourelles, de crêtes et de fleurons, de meneaux et de croisées, d'archivoltes et d'impostes. Un château rabougri et sinistre au fond d'un parc reculé, étouffé sous de hauts arbres lugubres appesantis de neige. Une certaine idée d'un romantisme austère à l'anglicane. Pour qui a connu les châteaux de France ou d'Italie, qui sont des fêtes, les châteaux anglais ressemblent à des punitions. Ceux d'Écosse à des pénitences. Mais celui-là sera au moins un refuge contre le désespoir d'un ciel qui continue à déverser sa neige. Les sept voitures se rangent en épi autour de l'arrondi du porche. Des bêtes assoiffées autour d'un abreuvoir. Les sinistrés les abandonnent et s'engouffrent à l'intérieur pour échapper au froid qui se raidit et les poursuit. Ils entrent, bras croisés sur leurs épaules gelées, nez contre leur poitrine, tapant des pieds pour décroûter la neige collante de leurs souliers.

– Néo-gothique ? tente le petit homme de la Saab encore à l'extérieur, immobile et déjà chapeauté de neige, en observant la façade.

– Tu parles, pur gothique à l'écossaise, ouais, genre Casper et ectoplasmes ! grogne le costaud au Range, les bras déjà chargés de ses bagages. Tu ferais mieux de rentrer te mettre à l'abri avant qu'on te confonde avec les statues du parc.

– Vous déchargez vos bagages ? s'étonne un autre conducteur.

– D'après toi ? aboie l'homme au Range. Au rythme auquel ça tombe, nos coffres auront disparu sous la neige dans une heure. Pas envie d'aller chercher mes bagages à la pelle.

Un multicarte, pense le petit homme en regardant le type au Range Rover s'engouffrer dans le hall. Représentant ou démarcheur. Commercial en tout cas. Baratineur et hâbleur. Une grande gueule, quoi ! Il le déduit à la gouaille du personnage, à son costume pied-de-poule trois-pièces sous son manteau de fourrure, et à la certitude qu'il affirme dans tout ce qu'il dit. Pas vraiment antipathique en fait, mais sûrement vite insupportable.

À l'intérieur, l'homme laisse tomber ses bagages sur le parquet de bois précieux. Il relève les yeux et jette un coup d'œil par la porte vitrée sur la tempête à laquelle il échappe. Dehors, l'homme à la Saab n'a toujours pas bougé. Un pauvre gars, se dit-il. Un triste collaborateur, un subalterne. Un terne. Un rond-de-cuir. Un type même pas brisé par la vie.

Juste éteint. Une cendre sans braise. Il se précipite dehors en égrenant un chapelet de jurons.

– Mais rentre donc, bougre de con, tu veux attraper la mort ou quoi ?

Il le ramène manu militari à l'intérieur, et conseille à tous les autres de décharger leurs bagages tant que les coffres sont encore accessibles. Lui ébroue sa fourrure enneigée à l'intérieur.

– Et il est où, Santa Claus ? Il n'y a personne, ici ? Y a quelqu'un dans cette taule ?

Le père Noël a garé son tracteur en travers de la route, juste après l'entrée du manoir, pour les empêcher d'aller plus loin et les forcer à s'engager dans l'allée du parc. L'homme au Range s'est dit qu'une fois toutes les voitures à l'intérieur, il les rejoindrait pour expliquer la situation aux châtelains, mais il n'y a personne. Ni châtelains, ni père Noël.

Les autres déchargent leurs bagages et rejoignent le hall, aussi sinistre que la façade. Les murs sont habillés et décorés de boiseries sombres et tarabiscotées. Moyenâgeuses. Du même bois que les églises obscures et sinistres du vieux Glasgow. Fenêtres étroites en ogives, certaines peintes de vitraux éteints par la tempête. Statues de chevaliers en armure, ou de suppliciés tordus de souffrance. Aux tapisseries élimées, des scènes de chasse. Biches qui souffrent et cerfs qui râlent. Chiens féroces à la curée qui hurlent en silence.

– Bonjour le réveillon ! soupire l'homme au Range Rover.

La plupart des autres se sont regroupés autour de lui et observent aussi l'étrange décor. À gauche, un guichet de réception désert, vieux et sombre comme une arrière-boutique d'usurier ou d'apothicaire.

– C'est rassurant… murmure l'homme à la Saab.

– J'aimerais bien savoir en quoi ? doute une voix dans son dos.

– Si réception il y a, répond-il sans se retourner, c'est que l'endroit fait peut-être hôtel ou gîte et qu'il dispose donc de chambres pour y passer une nuit, sinon agréable, au moins confortable.

– Tu parles, répond l'homme au Range, des chambres d'ascète obsédé par la repentance, des cellules de flagellation, ou des chambres de torture peut-être, oui, ça collerait bien avec tout le reste du bazar, mais ne t'attends pas à un lit à baldaquin avec matelas à eau et vue sur le jacuzzi de la salle de bain. Ça n'a pas l'air d'être le genre de la maison.

De l'autre côté du hall, sur la droite, deux hautes doubles portes sévères, fermées comme des portails de tribunal. Une autre au fond, au pied d'un escalier de pierre qui monte sur la droite jusqu'à une large coursive. Vers les chambres, probablement. Tous gardent un nez d'espoir pointé vers les deux étages pendant que l'homme au Range s'acharne plusieurs fois sur le timbre de la réception. Sans résultat. Il s'énerve vite, vocifère quelques menaces à Dieu, au père Noël et au reste du ciel, et finit par aller pousser une des lourdes portes.

– Ah, quand même ! s'exclame-t-il d'un ton enfin satisfait.

Les autres s'approchent aussitôt et passent une tête. C'est un vaste salon. Un peu vieillot, certes, mais luxueux et accueillant. Trois grands sofas de cuir blanc qu'ils devinent fin et souple, une demi-douzaine de fauteuils capitonnés profonds et tentants. Des tables basses. Une large bibliothèque et un piano droit. Une cheminée en marbre, grande, haute, flanquée par deux élégants lévriers en porcelaine. Des bustes de marquises accortes aux décolletés généreux. Des statues de Diane chasseresses aguicheuses, provocantes et à moitié nues, des tableaux de nymphes faussement innocentes et de scènes galantes et libertines. Le mur du fond n'est qu'une seule et vaste fresque : un déjeuner sur l'herbe. Des faunes enjoués au regard lubrique folâtrant avec des bergères aux faux émois de vierges effarouchées autour d'un kiosque central surchargé de lierres et de glycines.

– Ah, voilà ! Là je veux bien rester pour le réveillon. Et jusqu'à Gualachulain même, s'il le faut.

– Parce que nous allons vraiment devoir rester ici jusqu'au Nouvel An ?

– Mon gars, je n'en sais rien, mais encore une fois, s'il faut dormir dans ces sofas entourés de toutes ces beautés, moi je dis jusqu'à Pâques, voire jusqu'à la Trinité !

Les autres pénètrent dans le salon, un à un. La compagne de l'homme au Range Rover, d'abord. La petite femme revêche de l'homme à la Saab la devine préoccupée par le contretemps. Quelqu'un d'autre doit l'attendre quelque part. De la famille, peut-être. Des enfants, même. Ou un mari, pourquoi pas ? Parce que ce qui est sûr, c'est que cette femme-là n'est pas mariée à cet homme-là. Ce sont des choses qu'elle sent. Même pas un vrai couple. Des amants, sûrement. Lui un volage, et elle sa traînée. On ne la lui fait pas, à elle. Les salopes, elle les renifle de loin.

– Je m'appelle James Woodward, proclame à la cantonade l'homme au Range Rover, bras en croix, jovial comme un candidat et bonimenteur comme un élu. Et je vous souhaite la bienvenue dans mon humble demeure !

– Ah bon, ce manoir est à vous ? s'étonne l'homme à la Saab.

– Mais non, couillon, je déconne, c'est une blague, mais on peut faire comme si c'était vrai. Si personne ne daigne nous accueillir, autant prendre les choses en main, non ? Et je vous présente ma belle, ma plantureuse, ma talentueuse, ma délicieuse amie Betty Coolridge.

Il a un geste de présentateur de jeu télévisé pour la femme qui, malgré sa préoccupation, joue le jeu et le rejoint en ondulant des hanches, bras au ciel.

– *Mi casa es tu casa !* minaude-t-elle à la Marilyn. Faites ici comme chez vous !

– Ah, c'est la maison de votre amie, s'ébaubit l'homme à la Saab.

– Mais bien sûr que non, corniaud, c'est toujours la même blague, histoire de nous présenter les uns les autres. D'ailleurs tu es qui, toi, par exemple ?

– Ah, d'accord, je comprends. Je m'appelle Edwards. Erwen Edwards. Et voici mon épouse Linda Edwards et notre fils Eliot…

– … Edwards, oui, Eliot Edwards, on a compris, coupe Woodward.

Quatre ou cinq ans, le gamin, et un regard étrange. Droit. Direct. Triste et révolté à la fois. Beaucoup de colère retenue. Il ne fait semblant de rien, l'air ailleurs, mais on devine qu'il écoute tout, pense Woodward. Sa mère, par contre, la Linda Edwards, c'est autre chose. Sèche et sévère d'aspect, rigide dans son attitude comme dans son regard qui soutient celui des autres pour brusquement le fuir. Aucun amour dans cette femme-là. Aucune compassion, aucune bonté, aucune miséricorde. Disparus, essorés, vidés. Tout est sec. Une femme silex, se dit Woodward qui préfère passer à autre chose.

– Bon, écoutez, il serait peut-être temps de réchauffer l'atmosphère, vous ne pensez pas ?

Il ôte son lourd manteau mouillé, le jette sur le dossier d'un fauteuil en cuir capitonné, et s'agenouille devant la cheminée. Quelqu'un, un majordome triste et cérémonieux comme un croque-mort, suppose-t-il, a préparé de quoi faire un feu : du bois, du papier journal et de longues allumettes.

– Je ne sais pas qui on attendait dans ce manoir, mais c'est nous qui nous y sommes échoués, alors autant en profiter ! Prenons-le à l'abordage et faisons-le nôtre pour la nuit !

Il se relève, fier d'une flambée réconfortante qui craque et crépite aussitôt et dont la lueur dansante semble redonner vie aux lévriers de porcelaine.

– Bon alors, reprenons : qui est qui ? poursuit-il à haute voix. Qu'on se le dise une bonne fois pour toutes, puisque de toute évidence nous sommes condamnés à réveillonner ensemble !

Rassérénés par la chaleur de Woodward et du feu, les autres se désemmitouflent de leurs chapeaux, de leurs écharpes et de leurs manteaux. Woodward se fend alors d'un large sourire en dévisageant l'un d'eux.

– Ah, nous, nous nous connaissons, n'est-ce pas ? lance-t-il en pointant du doigt un homme en retrait.

Corpulent, mais bien mis, dans un costume bleu marine de bonne coupe. Boutons de manchette en or aux poignets amidonnés de sa chemise. Cravate et pochette en soie assorties. Lunettes d'écaille, chevalière aux deux annulaires, Church's à mille livres aux pieds. Élégant sans aucun doute. Peut-être même bon vivant malgré la réserve qu'il affiche.

– Je ne pense pas, non, répond-il sur la défensive, d'un ton à la fois hautain et gêné qui n'impressionne pas Woodward.

– Taratata, on se connaît et puis c'est tout, j'ai peut-être oublié votre nom, mais pas votre visage.

– Je vous assure que…

– C'est quoi, votre nom ?

– Baldwin. Jeremy Baldwin.

Woodward hésite, soudain soucieux, et fouille sa mémoire en se parlant à lui-mêle. Des Baldwin, il en a connu deux. Un garagiste, un maquignon de la mécanique, aussi escroc qu'usurier et menteur magnifique. Il a été son compagnon de poker du côté d'Ullapool, mais ça ne peut pas être lui. Il aurait depuis longtemps joué ses boutons de manchette contre un dernier brelan de n'importe quoi. Et l'autre Baldwin, c'était le mari d'une secrétaire qu'il a eue du côté de Dundee. Une très jolie femme, ronde et généreuse, carrossée comme une Jaguar MK2. Pas très organisée, à la conjugaison approximative, piètre dactylo, mais… mais…

– Mais vous n'êtes pas un de ces Baldwin-là, en effet, murmure Woodward le front plissé. Pourtant, je n'oublie jamais un visage.

– Je vous l'ai dit, nous ne nous connaissons pas, insiste l'autre, péremptoire.

– Si, j'en suis sûr, ma mémoire visuelle est infaillible. Nous nous sommes déjà rencontrés, même si je ne me souviens pas de votre nom. Mais je vais retrouver où et quand. Ça me reviendra. Et vous autres, alors, qui êtes-vous ?

– Je m'appelle Melinda Artwell, répond une jolie jeune femme.

Woodward ne l'avait pas remarquée jusqu'à ce qu'elle se défasse de son manteau sur ses épaules nues, du bonnet sur ses cheveux souples et roux, de l'écharpe sur son nez joliment troussé, et de ses mitaines sur ses doigts longs et manucurés. Et la voilà, superbe et généreuse, en tenue de soirée. En tenue de fin de soirée, pense-t-il aussitôt, le corps moulé dans une robe fourreau dont le décolleté pigeonne comme un vase ses seins magnifiques.

– Melinda, c'est un plaisir ! minaude Woodward. Je suppose, habillée comme vous l'êtes, que vous étiez en route pour un réveillon prometteur. Je plains celui qui ne vous verra pas arriver ce soir !

– En fait, j'allais rejoindre un client qui ne tenait pas à passer Noël tout seul, répond-elle en toute franchise.

Chacun se demande s'il a bien entendu les mots surprenants prononcés sans gêne ni honte aucunes par Melinda Artwell.

– Non ! sourit Woodward tout égrillard, ne me dites pas que vous êtes…

– Une escort ? Si, c'est bien ce que je suis. Call-girl, même, si vous préférez.

– Eh bien, dommage pour votre client et tant pis pour lui. Je remercie le Dieu de la neige et ce père

Noël en tracteur qui le privent de votre présence à notre plus heureux profit.

– C'est surtout un désagrément qui me prive d'une prestation à deux mille livres.

– Une prestation, s'exclame Woodward, non mais vous entendez comme c'est joliment dit ? Une prestation !

– Deux mille livres ! s'étonne Betty Coolridge.

– Plus les frais, précise Melinda.

– Les préservatifs et le savon, je suppose, siffle la voix rêche de Linda Edwards.

– Non : la suite, les cocktails, le dîner au champagne, le hammam et les menus cadeaux…

Les yeux brillants de jalousie malgré son large sourire en faux-semblant, Betty jette à Woodward une œillade qui le panique. Craignant le marchandage et la négociation qu'elle serait bien capable d'entamer devant tout le monde au sujet de leur propre relation, il opte pour la diversion défensive immédiate.

– À propos, Jeremy, vous ne nous avez pas précisé dans quel domaine vous exercez, même s'il vous sera difficile de nous surprendre autant que mademoiselle Melinda.

– L'hôtellerie, lâche l'autre d'un ton qu'il voudrait sans réponse.

– Quoi, l'hôtellerie ? Vous vivez dans un hôtel, ou vous en possédez un ? plaisante Woodward.

– Très franchement, je ne vois pas en quoi cela devrait vous intéresser, ni aucune des personnes ici présentes.

– Moi, c'est Henry Buchanan, intervient un homme plus que corpulent, et je suis médecin, comme ça, tout est dit. Heureux de passer cette soirée de réveillon au coin du feu avec vous plutôt que coincé à mourir de froid dans ma voiture.

– Un toubib dans ce manoir de malades, parfait ! Qui d'autre encore ?

– Je suis Ainsley Campbell et lui, c'est mon jumeau Kyle, dit une jeune fille un peu garçonne. Nous devions passer Noël en famille à Altnafeadh.

– Grande famille ? demande Woodward.

– Non. Juste nos parents. Enfin, juste notre mère, en fait.

– Eh bien vous y gagnez au change, avec toute cette famille de circonstance qui vous entoure, vous ne croyez pas ?

– Nous peut-être, monsieur Woodward, mais elle, notre mère, sûrement pas, répond le garçon d'une voix glacée.

Personne ne saurait dire si c'est la sœur qui est garçon manqué ou le frère un peu efféminé. Habillés de noir tous les deux, quelques piercings discrets à travers l'aile du nez, les sourcils et la langue. Et toute la misère du monde sur leurs visages, sauf quand ils se regardent d'un amour qui dérange aussitôt ceux qui le remarquent.

– Et vous ? demande Woodward en se tournant vers le dernier réfugié.

– Qu'est-ce que ça peut vous foutre ?

Un type à être pêcheur. Ou docker. Ou bûcheron. Ouvrier métallurgiste. Ou juste ivre et bagarreur. Sec, émacié, les cheveux de jais lustrés comme un rocker des seventies, les poings toujours fermés. Le seul à ne s'être défait d'aucun manteau, ni d'aucune parka, ni de chapka. Pour la bonne raison que dans sa voiture comme dans la tempête ou dans le manoir, il ne porte qu'une fine veste en cuir noir sur un maillot marqué *Punk is dead*. Le visage de Woodward vire au rouge.

– Attention, mon garçon, ne commence pas à jouer à…

– Bon, qu'est-ce qu'on fait, maintenant qu'on se connaît tous ? intervient Erwen Edwards pour désamorcer la situation.

Woodward comprend la manœuvre et se retient.

– Écoutez, relaxez-vous, prenez vos aises et profitez du salon. Je vais faire le tour du manoir. Il doit bien y avoir quelqu'un quelque part. S'il y a une réception, c'est qu'ils font hôtel, Airbnb ou chambre d'hôtes, comme l'a dit l'ami Erwen. Je vais m'assurer qu'il y a assez de lits pour tout le monde.

Le manoir est plus vaste qu'il ne paraît de l'extérieur, mais tout aussi sinistre. Bois sombres et marbres froids. Lourdes portes en chêne. Woodward compte douze chambres sur deux étages, toutes fermées à clé. Toutes gravées d'un nom en gaélique : *fearg*, *peanas*, *soaradh*… Colère, pénitence, rédemption. Pas joyeux, se dit-il, même si l'idée lui vient d'un château un peu sado-maso où des amants de passage comme Betty et lui pourraient… ou pourquoi pas Melinda ? Ou bien Betty ET Melinda…

Il revient vite à la réalité : pas une seule porte ouverte. Il les essaye toutes, plusieurs fois. Alors il cherche, partout où il le peut. Les seules portes qui s'ouvrent desservent des placards, des remises, des débarras. D'autres sont closes, dont il devine pourtant qu'elles doivent ouvrir sur des couloirs et des corridors. Des escaliers, peut-être. Mais personne nulle part. Pas âme qui vive. Il redescend dans le hall et passe derrière le comptoir de la réception. Il fouille chaque tiroir, chaque étagère à la recherche des clés. Rien. Pas de registre non plus, pas de papier à en-tête. Il décroche le téléphone : pas de tonalité. La neige a dû avoir raison de la ligne. Il consulte son portable : pas de connexion non plus. Une réception, un salon, douze chambres. Le manoir est assez grand pour abriter trois fois plus de pièces. Mais c'est comme un labyrinthe et il ne trouve pas le passage pour les atteindre. Même s'il se refuse à se l'avouer, la chose lui semble suffisamment étrange pour qu'il s'en inquiète.

Bredouille, il revient dans le salon où Melinda a découvert que le faux piano cachait un vrai bar.

– Savoir préparer des cocktails fait partie de ma formation. Que puis-je vous offrir, James ?

Il hésite à lui répondre franchement. Un instant, l'image fugace d'un centre de formation pour escort girls s'impose à lui. Théorie et travaux pratiques, exercices et devoirs à la maison. Quand il comprend, à ses yeux furibonds, que Betty devine à qui et à quoi il pense, il détourne son regard sur les autres. Whiskey pour le loubard, le médecin et Erwen Edwards ; Bloody Mary pour les jumeaux maléfiques ; Manhattan pour l'hôtelier dont le visage lui dit vraiment quelque chose, Margarita pour Betty, Martini dry pour la revêche madame Edwards, et soda Irn Bru pour le gamin.

– White Russian, commande Woodward en se donnant des airs de Big Lebowski nonchalant et croustilleux.

– Bon choix, approuve Melinda.

– Et pour vous ?

– Pisco sour, répond-elle.

– Et où allez-vous dénicher le blanc d'œuf pour le rendu moussu ? Je n'ai même pas trouvé la cuisine.

– Un panneau de faux livres cache un frigo encastré, dit-elle en désignant de ses yeux magnifiques un pan entrouvert de la bibliothèque.

– Vous êtes déjà venue ici ? s'étonne-t-il.

– Non, mais l'imagination des hommes, dans le vice, est souvent très limitée. Surtout quand il s'agit de le cacher.

Woodward prend le White Russian que l'escort sans complexe lui tend et lui dit dans un murmure qu'il boit à ça, aux vices cachés des hommes. Puis il se tourne vers les autres pour porter un toast et leur expliquer ce qu'il a vu. Douze chambres, probablement, mais toutes fermées à clé et aucune clé à la réception.

– Mais nous les forcerons s'il le faut et nous serons tous au chaud cette nuit dans un bon lit. Après tout, il s'agit d'un cas de force majeure, n'est-ce pas ?

Réconfortés par l'alcool, tous approuvent et Erwen Edwards se lève pour trinquer. Dans son mouvement, il bouscule un guéridon et la cannette d'Irn Bru du gamin se renverse. Quelques gouttes éclaboussent la jupe serrée de Linda Edwards qui bondit et explose aussitôt.

– Mais quel imbécile tu fais ! Regarde-moi ça !

– Désolé, chérie, je n'ai…

– Et arrête de pleurnicher, pour une fois. Trouve-moi plutôt ton bon à rien de fils qui laisse toujours tout traîner comme d'habitude.

Tous se tournent vers Linda Edwards, sidérés par l'âcreté de son ton.

– Eliot ! hurle-t-elle, Eliot ! Viens ici tout de suite ! Pas la peine de te cacher comme ton couard de père. Tu m'entends ? Eliot !

– Madame Edwards, calmez-vous, intervient Betty Coolridge, il n'y a rien de grave. Eliot n'a pas…

– Oh toi, la pouffiasse, tu la fermes. C'est mon gosse, pas le tien, d'accord ?

– Hey, c'est quoi cette façon de parler à mon amie ? s'emporte Woodward. Vous allez vous excuser tout de suite, vous m'entendez !

– Aidez-moi plutôt à trouver Eliot, supplie Erwen Edwards pour éviter le drame. Eliot, c'est papa, montre-toi, mon grand…

Le gamin ne répond pas. À voix basse, humectant sa jupe d'un coin de mouchoir, Linda Edwards continue de le maudire et de lui promettre la correction qu'il mérite. Chacun se dit qu'il vaudrait mieux trouver Eliot avant cette mégère en furie, quand un bruit attire l'attention de Woodward.

– C'est quoi, ça ? dit-il en imposant le silence d'un geste.

Quelque chose couine. Un grincement. Répétitif. Rotatif, on dirait. Une roue mal centrée. Ou mal graissée. À l'extérieur du salon. Dans le hall. Ou même…

Woodward et Erwen Edwards se précipitent dans le hall et les autres les suivent, sauf Linda Edwards qui reste à pester contre son fils et son mari. Eliot n'est pas dans le hall, mais le bruit continue. Woodward réclame à nouveau le silence et lève les yeux vers la galerie du premier étage.

– Ça vient de là-haut. Personne ne bouge, je vais voir.

Il grimpe les marches quatre à quatre, suivi d'Erwen Edwards.

– Eliot ?

– Papa ! hurle le gamin d'une voix apeurée.

Il surgit de l'ombre de la galerie du premier étage. Il chevauche un tricycle rouge qui couine et qu'il ne semble pas maîtriser. Cramponné au guidon, pieds écartés de chaque côté, il regarde avec terreur les pédales qui tournent toutes seules. Il ne commande plus rien, ni sa vitesse ni sa trajectoire, et fonce droit vers l'escalier.

– Papa !

Woodward bondit jusqu'à la dernière marche et rattrape le gamin par le bras à l'ultime seconde au moment où le tricycle fuse en vol plané au-dessus de l'escalier et se fracasse contre la pierre du palier. Depuis le hall, tous le regardent rebondir et dégringoler jusqu'à leurs pieds en se déglinguant à chaque choc.

– Ça va, Eliot ? s'inquiète Erwen Edwards en se précipitant vers le gamin.

Il tremble plus que son fils qu'il serre de toutes ses forces entre ses bras.

– Il roulait tout seul ! pleure Eliot. Je te jure qu'il roulait tout seul, papa, c'est pas ma faute, je te jure.

– Bien sûr que ce n'est pas de ta faute, Eliot, ne t'en fais pas, répond Erwen Edwards avant de se tourner vers Woodward. Merci, vous lui avez sauvé la vie.

Woodward n'a pas le temps de répondre qu'il n'a fait que son devoir, que ce n'est rien, que n'importe qui aurait fait la même chose à sa place, que c'est bien normal… Linda Edwards gravit l'escalier comme une furie et gifle Eliot à la volée avant que quiconque puisse réagir.

– Non mais vous êtes malade, ou quoi ? hurle Woodward. On ne frappe pas un gosse, et encore moins comme ça. Recommencez et c'est moi qui vous en mets une, pour vous montrer ce que ça fait.

– Essayez un peu pour…

La gifle la claque si fort que Linda Edwards en vacille.

– Woodward ! hurle Erwen Edwards.

Il se précipite vers Linda qui le rabroue d'un geste rageur.

– Toi, le mollasson, ou tu lui casses la gueule ou tu me fiches la paix.

Elle redescend l'escalier, traverse le groupe sidéré en bousculant tout le monde, et retourne au salon.

– Pourquoi avez-vous fait ça ? pleurniche Erwen Edwards.

Woodward ne répond pas et s'adresse à Eliot.

– Ça va, gamin ? Tu t'en sors en meilleur état que ton tricycle, on dirait.

– Ce n'est pas le sien, explique Edwards, il n'a pas de tricycle.

– Si, c'est le mien ! réplique le gamin.

– Eliot, maman n'a pas voulu que tu prennes ton tricycle, souviens-toi. Il est resté à la maison. En plus, le tien est bleu et il est vieux. Et puis celui-ci est électrique, sans doute, et c'est pour ça que tu ne pouvais pas le maîtriser.

– C'est le mien, papa, je te jure ! pleure à chaudes larmes le gamin.

– Eliot, maman ne supporte pas les mensonges, tu le sais, et tu sais ce que tu risques si…

– C'est le mien, papa, c'est vrai. Je l'ai trouvé dans la chambre aux cadeaux.

– La chambre aux cadeaux ? s'étonne Woodward. Quelle chambre aux cadeaux, gamin ?

– La chambre tout au bout, celle avec tous les cadeaux dedans.

– Tu es entré dans une des chambres ? Écoute, Eliot, j'ai vérifié chacune des portes des deux étages et toutes, sans exception, étaient fermées à clé.

– Je mens pas, m'sieur, j'vous jure ! pleure Eliot en protégeant ses joues dans son bras.

– Woodward, Eliot n'est pas menteur, vous pouvez me croire.

– C'est sûr que quelqu'un s'est appliqué à lui faire passer le goût du mensonge. Ça se passe vraiment comme ça chez vous, Erwen ?

– Ne cherchez pas à savoir, Woodward, laissez-nous nous débrouiller avec ça, Eliot et moi. Mais s'il dit qu'il y a une chambre aux cadeaux, alors il y a une chambre aux cadeaux. Sinon, comment aurait-il eu ce tricycle ?

– Très bien, décide Woodward. Gamin, montre-nous cette chambre.

Eliot les guide jusqu'à la dernière porte tout au bout du couloir décoré d'armures en pied, hallebarde à la main, et de portraits de vieux nobles dont le regard les suit avec suspicion.

– Ça alors, je suis sûr et certain d'avoir essayé chaque porte plusieurs fois… s'étonne Woodward devant celle, grande ouverte, de la dernière chambre.

C'est une pièce aussi austère que le couloir du manoir. Le même bois sombre, torsadé, pour soutenir le lourd baldaquin au-dessus d'un lit haut et matelassé de brocard. Miroirs biseautés dans d'épais cadres dorés, lustres tarabiscotés et pendentifs de cristal. Banc-coffre noir de sacristie. Guéridons à napperons.

– Et les cadeaux, gamin ?

Eliot glisse une tête entre Woodward et son père.

– Je vous jure qu'ils étaient là, m'sieur. Plein ! De toutes les couleurs et avec des noms dessus.

– Tu sais lire ?

– Oui, c'est comme ça que j'ai reconnu le mien. C'était écrit Eliot. E-L-I-O-T.

Linda Edwards est remontée, une bouteille de gin à la main.

– Ce sale petit morveux ment comme il respire, siffle-t-elle, il ment toujours, c'est dans sa nature de vipère.

– Madame, vous vous approchez de lui, et je vous en remets une.

– Vous levez encore une fois la…

– Fermez-la ! ordonne Woodward qui se penche et examine quelque chose.

De sous le lit dépasse une boucle de ruban rouge. Woodward la pince du bout des doigts et la tire. Le bolduc s'étire puis se contracte et s'entortille autour de ses doigts.

– C'est quoi, ça ?

– C'est le ruban de mon cadeau, m'sieur.

Woodward regarde Erwen Edwards en silence, puis glisse sa main plus loin sous le lit. Il s'immobilise, regarde à nouveau Erwen et Eliot, et tire à lui un long papier cadeau déchiré. Il se redresse et le montre à Eliot.

– Gamin, ton tricycle était enveloppé là-dedans ?

– Oui, m'sieur, avec le ruban rouge autour.

C'est Erwen Edwards qui le remarque.

– Par la grâce de Dieu, murmure-t-il en attirant l'attention de Woodward.

– Merde alors ! lâche Woodward.

Sur un lambeau du papier cadeau, à l'encre noire, en lettres gothiques calligraphiées, est écrit le nom d'Eliot.

– Qu'est-ce que ça veut dire ? s'affole Edwards. Personne ne pouvait prévoir que nous nous réfugierions ici !

– Ce n'est peut-être qu'une coïncidence, le rassure Woodward. Eliot est le prénom le plus courant en Écosse, loin devant Logan et Erwen. Ce cadeau était sûrement destiné à un enfant de la famille des propriétaires du manoir, ou d'invités qu'ils attendaient.

– Non, monsieur Woodward, non, je vous assure que pour des raisons que vous ne pouvez pas comprendre, ce cadeau était bien destiné à Eliot…

Ils se regardent, longtemps, puis Woodward sort dans le couloir en bousculant les autres et hurle de toutes ses forces.

– C'est quoi ce cirque ? À quoi vous jouez ? Qu'est-ce que vous voulez ? Qui êtes-vous ? Où êtes-vous ? Montrez-vous !

De rage, il déglingue au passage une armure qui se fracasse en tintamarre.

– Monsieur Woodward…

– Montrez-vous, le gamin a failli se tuer dans l'escalier avec vos conneries !

– Monsieur Woodward…

– Arrêtez ce jeu stupide et montrez-vous, vous m'entendez, la plaisanterie a assez duré et elle ne fait marrer personne !

– Euh… monsieur Woodward…

– Quoi, monsieur Woodward, quoi ? Qu'est-ce que tu me veux encore, Edwards ?

– Les chambres, monsieur Woodward…

– Oui, quoi les chambres ?

– Elles sont ouvertes…

Woodward se fige, se retourne et Erwen est là, devant une chambre dont il tient la porte grande ouverte. D'un geste de majordome inquiet, il l'invite à vérifier par lui-même. Les autres se regardent, étonnés, puis se dispersent en silence pour vérifier les portes. Toutes s'ouvrent sans difficulté.

– Je ne comprends vraiment pas, toutes ces portes étaient verrouillées quand je suis monté.

– Vous en êtes certain ? s'interroge Jeremy Baldwin.

– Qu'est-ce que ça veut dire ?

– Vous ne seriez pas à l'origine de cette farce stupide, monsieur Woodward ? Vous êtes le seul à être monté à l'étage avant tout le monde pour soi-disant inspecter les lieux. Vous auriez très bien pu organiser cette très mauvaise plaisanterie. Ce serait bien votre genre.

– Ah oui ? Vous m'avez vu décharger de ma voiture un tricycle emballé dans un papier cadeau enrubanné de bolduc rouge, peut-être ? Vous m'avez vu l'entreposer au milieu de tous vos bagages dans le hall, c'est ça ? Et vous m'avez aperçu grimpant l'escalier les bras chargés ?

– …

– Et si le gamin dit vrai, ce dont je n'ai plus aucune raison de douter, j'ai aussi stocké quelque part un cadeau pour chacun d'entre vous. Des cadeaux que j'aurais achetés sans même vous connaître, mais en prévoyant qu'une tempête historique en Écosse nous bloquerait tous dans ce manoir, c'est ça ?

– …

– Alors fermez-la et essayons plutôt de comprendre ce qui se passe ici. Redescendons au salon pour en parler tranquillement.

– Attends, t'es qui, toi, en fait, pour décider ce que nous devons faire ou pas ? aboie Punk is dead. Quelqu'un t'a nommé chef d'équipe ? On a voté ? J'ai pas souvenir de ça, moi.

Woodward le regarde, lui, puis tous les autres un par un, et change soudain de ton.

– Ah, tu veux la jouer comme ça, Punky ? Eh bien, tu as raison, mec, pas de problème. Tu as tout à fait raison.

– On peut peut-être voter, propose Erwen pour détendre l'atmosphère.

– On n'a pas besoin de chef, murmurent d'une seule voix les jumeaux.

– Absolument ! Totalement d'accord, approuve Woodward, personne n'a besoin de personne, vous avez raison, alors jouons-la chacun pour sa gueule et passons un joyeux Noël claquemurés dans nos chambres. *No problemo*, camarades. Moi, je prends cette chambre. Pour les vôtres, *demerden Sie sich*.

Allez, *ciao*, bon réveillon à vous tous, bande de crétins.

Il invite Betty Coolridge à entrer dans la chambre au papier cadeau et referme derrière lui, laissant les autres interdits dans le couloir. Quand soudain il ouvre la porte à nouveau, tous sursautent et craignent un brusque regain de colère. Mais Woodward reste d'un calme qui les inquiète encore plus.

– Juste pour votre information, vous aurez tous noté que les portes sont désormais ouvertes, mais toujours sans clé. Je retire donc le mot *claquemurés* de ma précédente colère.

– Qu'est-ce que ça signifie ? s'inquiète Erwen Edwards.

– Ça signifie que vous ne pourrez pas vous enfermer à double tour dans vos chambres pour vous protéger de ceux qui voudraient s'amuser à vous jouer de mauvais tours.

– Et alors ? Il suffira de bloquer la porte avec une chaise, réplique Punky, c'est pas compliqué.

– Si, ça l'est quand même un petit peu.

– Je ne vois vraiment pas pourquoi.

– Regarde-moi bien, Punky, sourit Woodward en prenant la pose, une main sur la poignée de la porte, regarde-moi bien. Tu me vois, là, comme ça ?

C'est Baldwin qui percute le premier.

– Oh non ! soupire-t-il.

– Oh si ! s'amuse Woodward.

– Oh quoi ? s'énerve Punky.

– Les portes, elles s'ouvrent vers l'extérieur, impossible de les bloquer de l'intérieur.

– Exact, confirme Woodward, mais en fait, peu importe, n'est-ce pas, si quelqu'un ou quelque chose peut ouvrir ou fermer les portes à volonté. Allez, bonne nuit les blaireaux !

Chacun choisit quand même une chambre et y dépose ses bagages, mais personne n'ose vraiment les laisser sans surveillance. Woodward murmure à Betty Coolridge d'oublier tous ces péquenots et de se laisser tenter par une sieste crapuleuse, mais elle le repousse d'un baiser consolateur. Elle n'est pas d'humeur, et l'idée de la porte sans clé la dérange. Il fait contre mauvaise fortune bon cœur et lui conseille de se reposer parce que ce n'est que partie remise. Lui, entre temps, va explorer ce maudit manoir pour voir si d'autres portes se sont ouvertes et essayer de tirer les choses au clair.

Dans le corridor, il tombe sur Edwards qui sursaute comme un gamin pris en faute.

– Qu'est-ce que tu fiches là tout seul, Edwards ?

– Ben, je... je...

– Ne me dis pas qu'elle t'a foutu à la porte !

Le pauvre homme n'ose pas répondre et baisse la tête.

– Merde, Edwards, que se passe-t-il entre ta femme et toi ? Elle te piétine l'égo devant tout le monde et prend ton fils comme un sac de frappe...

– Woodward, je vous en prie, laissez tomber.

– Taratata, entre hommes aussi il faut s'entraider. Descendons boire un verre ou deux, ça t'aidera à vider ton sac.

– Non, merci Woodward, mais je…

– Accepte, l'ami, c'est bien toi qui m'as tendu la perche, non ?

– Quelle perche ?

– Buvons d'abord. Laissons l'éthanol d'un ou deux bons vieux whiskys neutraliser notre noradrénaline et notre sérotonine et booster la bonne vieille dopamine de notre foutue boîte à neurones.

Woodward passe un bras sur les épaules d'Edwards et l'entraîne vers l'escalier.

– J'ai remarqué un Macallan Single Malt de Craigellachie, non tourbé, non filtré et vieilli quinze ans en fût de bourbon et de xérès. De quoi nous ouvrir des chakras béants, camarade.

Ils descendent jusqu'au salon et Woodward leur sert un très généreux whisky sans eau, sans glace. Quand la chaleur ambrée de l'alcool riffaude son âme, Edwards trouve le courage d'affronter l'homme à la grande gueule.

– Quelle perche vous ai-je tendue, Woodward ? s'inquiète-t-il.

– Le tricycle, mon ami. Tout à l'heure tu m'as dit que, pour des raisons que je ne pouvais pas comprendre, ce cadeau était bien destiné à Eliot.

Les yeux d'Edwards se mouillent aussitôt de larmes qu'il ne peut retenir. Il noie son désespoir en avalant son verre d'un seul trait. Sans rien dire,

Woodward lui en ressert un autre qu'il ne refuse pas.

– L'an dernier, murmure-t-il, à peu près à cette époque, nous avons perdu notre fille, notre petite Lizbeth, la petite sœur d'Eliot…

– Merde alors, compatit Woodward, sûrement la pire chose qui puisse arriver. J'en suis désolé pour toi, mon ami. Comment c'est arrivé, ce malheur ?

– Un tricycle, justement. Elle avait deux ans. Le tricycle bleu de son frère. Elle a basculé dans les escaliers avec…

– C'est pour ça, ta femme ?

– Quoi, ma femme ? réagit Edwards d'un ton soudain hostile qui surprend Woodward.

– Ce caractère agressif, cette violence contre toi, contre Eliot, contre tout le monde, c'est pour ça ? Elle n'a pas encore encaissé le choc ? Elle n'a pas encore fait son deuil et elle en veut au monde entier ?

– Mêlez-vous de vos affaires, siffle Linda Edwards qu'ils n'ont pas entendue venir. Et toi, pauvre idiot, arrête d'épancher ta bile avec le premier soulard venu. Dis-moi plutôt où est passé Eliot.

– Il n'est pas avec toi ?

– Est-ce que je poserais la question s'il l'était, imbécile ?

Erwen Edwards n'a pas le temps de répondre. La fresque murale, au fond du salon, se fend d'une grande porte astucieusement dissimulée dans le dessin du kiosque. Les doubles battants s'ouvrent sur Eliot qui hurle sa joie en jaillissant hors du faux lierre.

– Les cadeaux sont là ! Les cadeaux sont là !

Derrière le gamin, ils découvrent un autre salon, assez haut de plafond pour abriter un sapin grand comme trois hommes. Au pied de l'arbre triste, sans aucune décoration, un monceau de paquets cadeaux enrubannés de bolduc rouge.

– C'est quoi ça, encore ? grogne Woodward, plus sidéré par l'existence de cette autre pièce que par la présence des cadeaux.

La pièce n'est pas aussi chaleureuse que le premier salon. D'un style plutôt rococo, elle est tendue de velours rouge et tapissée de toutes petites photos dans des cadres d'acajou. Que des portraits. De tous âges. De toutes époques. Après un moment de stupeur, Woodward s'avance vers l'autre salon et s'approche de la pile des cadeaux.

– Par saint Andrew ! lâche-t-il.

Derrière le sapin, une longue et magnifique table dressée pour le réveillon. Nappe brodée et serviettes assorties aux couleurs de Noël, quatre assiettes en porcelaine précieuse à chaque place, trois rangs de couverts en argent, verres en cristal pour l'eau, le vin et le champagne. Candélabres à chérubins et chemin de table décoré de houx, de gui, de perles, de boules de nacre et de noix. Avec, face à chaque chaise droite à haut dossier capitonné de velours pourpre, un bristol orné d'un nom calligraphié en lettres gothiques. Woodward fait le tour de la table, suivi des époux Edwards, et repère vite son nom, en bout de table.

– Qu'est-ce que ça veut dire ? s'inquiète Erwen Edwards.

– Je n'en sais fichtre rien ! admet Woodward.

Linda Edwards, elle, reste sans voix.

Un tumulte dans le hall les sort de leur stupeur. Eliot a grimpé les escaliers pour crier à tout le monde qu'il n'avait pas menti et que les cadeaux étaient bien là. Tous déboulent dans le salon et s'arrêtent en découvrant la nouvelle pièce, sauf Eliot qui se jette sur les paquets.

– Pour papa, c'est le jaune, je l'avais déjà repéré.

Il bouscule les autres cadeaux, se saisit du paquet jaune, le brandit comme un trophée et court le remettre à son père.

– Comment est-ce possible ? bredouille Erwen.

– Je ne sais pas, mais apparemment, ça l'est ! constate Woodward.

Erwen reste là, hésitant, à manipuler son paquet cadeau.

– Ai-je vraiment le droit d'accepter ça ?

– Écoute, l'ami, j'ai appris deux ou trois petites choses dans ma vie de démarcheur. Celle de circonstance, je l'ai piochée dans un roman : quand on te donne, tu prends, quand on te prend, tu cries ! Alors, prends ce cadeau et ouvre-le !

Tous les autres se sont regroupés autour d'eux et attendent qu'Erwen ouvre son paquet. Il dénoue le bolduc qui se défend comme un serpent vivant, détache et déplie le papier sans le déchirer, le replie avec précaution pour le poser soigneusement sur la table, ouvre les battants de la boîte en carton, et reste pantois, éberlué par ce qu'il y trouve.

– Alors ? insiste Woodward, impatient.

Erwen regarde tout le monde, abasourdi, puis plonge sa main dans le carton et ce qu'il en ressort méduse les autres.

– Des gants de boxe ? bredouille Woodward, incrédule.

– Non… balbutie Erwen.

– Désolé, mais ce sont bien des gants de boxe !

– Non. Pas *des* gants de boxe. *Un*. *Un* gant de boxe. Un seul… explique Erwen.

Woodward lui arrache le carton des mains et confirme.

– Qu'est-ce que c'est encore que cette connerie ?

Quand le regard d'Erwen croise celui de Linda, elle réagit d'une brusque colère qui étonne Woodward. Elle se retourne, bouscule tout le monde et se précipite vers la pile des cadeaux pour chercher le sien. Elle fouille, le trouve, arrache le bolduc, déchire le papier, ouvre le carton et se fige. Puis elle hurle de rage et de désespoir à la fois, sort le gant de boxe du carton, et le jette de toutes ses forces au visage d'Erwen avant de courir se réfugier dans leur chambre. Le gant a rebondi sur Edwards et Woodward s'en est saisi par réflexe.

– C'était quoi, cette crise ? s'étonne-t-il en jouant à glisser sa main dans le gant.

Erwen ne répond pas. Les larmes aux yeux, il serre contre lui Eliot qui demande pourquoi maman n'aime pas les gants de boxe.

– Des Venum Elite, quand même, constate Punky, parmi les meilleurs gants pour les pros. Je ne sais pas qui régale, mais il ne se moque pas de nous.

Encouragés par la remarque, les autres vont aussi à la pêche aux cadeaux, sauf Woodward qui s'amuse du gant à sa main. Quand Punky déballe son paquet, un silence les fige tous à nouveau. L'homme à la petite veste en cuir tient un pistolet dans une main et un chargeur dans l'autre.

– Un Walter PPS avec un chargeur de 6, s'étonne-t-il, c'est con, j'en ai déjà un !

– C'est un vrai ? s'étonnent les jumeaux fascinés par l'arme.

– J'ai horreur des armes, murmure Melinda, chaque fois que je suis avec un client qui en porte une, je perds mes moyens.

Punky examine l'arme et l'empoigne, la crosse bien en main.

– C'est la version M2. La carcasse et la culasse ont été redessinées. Plus besoin de bossettes de poignées non plus, la poignée est adaptée à toutes les formes de mains.

Il insère le chargeur dans la poignée et le bloque d'un geste sec. Il le verrouille et le déverrouille plusieurs fois.

– Génial ! Ils ont remplacé le levier de déverrouillage du chargeur. Regardez, il n'est plus dans le pontet de la détente, ils l'ont remplacé par ce bouton, là, à gauche du cadre.

Il le charge une dernière fois et soudain pointe les autres, genoux fléchis et bras tendu. Le groupe s'écarte dans un spasme.

– Lame et sécurité de détente intégrées, parfaites pour le tir rapide. Et regardez les visées en acier trois points avec marques phosphorescentes ! J'adore ce flingue ! jubile-t-il.

– Oui, eh bien si vous commenciez par ôter le chargeur, histoire de ne pas tuer quelqu'un, s'emporte Woodward.

Dans la seconde, le visage de Punky se ferme. Il s'approche et pointe le canon de son semi-automatique sur sa poitrine.

– Et si vous commenciez par arrêter de donner des ordres à tout le monde et de jouer au petit chef autoproclamé, maintenant que j'ai une arme.

– Ah, ah ! C'est un putsch, alors ! s'esclaffe Woodward dans un éclat de rire.

Et profitant de ce que Punky lui retourne un rire moqueur, il le sèche, d'un direct de son poing gauche ganté.

Un nouveau spasme écarte encore un peu plus les autres de Woodward qui regarde son gant, étonné.

– Bon, ce n'était pas vraiment du Josh Taylor, non plus. Faut dire que j'ai arrêté la boxe il y a trente ans, mais on dirait bien que j'ai encore de la ressource. Et en plus, ce n'est même pas ma meilleure main !

Sur le parquet, Punky émerge de son K.O. Woodward saisit le Walter, déverrouille et éjecte le chargeur qu'il empoche, et tend l'arme à Erwen qui la saisit avec méfiance et la pose sur une desserte. Puis il tend la main à Punky pour l'aider à se relever.

– Sans rancune, Punky ? Et évite de braquer une arme chargée sur les gens à l'avenir, d'accord ?

L'autre se laisse faire, comme au réveil d'un matin de gueule de bois. Woodward l'accompagne jusqu'à un fauteuil crapaud aux pieds arqués et l'abandonne à ce qui, petit à petit, passe d'une hébétude à une forme de honte.

Quand il revient vers les autres, Woodward lit le nom sur le petit paquet cadeau que Baldwin tient dans ses mains.

– Ce n'est pas le vôtre, ça, Baldwin. C'est bien Jeremy votre prénom, n'est-ce pas ? Là, c'est écrit Alistair.

Baldwin, gêné, bredouille une mauvaise excuse.

– Alistair, c'est mon deuxième prénom. Et puis tout le monde s'est déjà servi et c'est le seul qui reste, j'en ai déduit que c'était pour moi.

– Baldwin, se moque Woodward d'un ton d'instituteur inquisiteur, vous ne nous auriez pas fourgué un faux nom, par hasard ?

– Vrai ou faux, qu'est-ce que ça changerait à cette situation abracadabrante ?

– C'est vrai, admet Woodward, vous avez raison, il faut le reconnaître. Allez, montrez-nous plutôt ce que Santa Claus vous a réservé.

C'est un petit paquet, tout en longueur, vite défait. Une cravate. Genre ficelle des années soixante. En cuir. Noir.

– Vous n'avez pas dû être très sage, pour que le gros barbu rouge et blanc vous gâte si peu.

– Peut-être, mais c'est moins dangereux que le flingue ou les gants de boxe. Et puis fichez-moi la paix, ronchonne Baldwin.

Il va pour s'écarter quand une main le retient.

– Laissez-moi vous aider, Alistair…

– Jeremy !

– Jeremy ou Alistair, tu peux t'amuser à faire semblant, je m'en moque, mais pas avec moi, dit Melinda, on se connaît depuis si longtemps ! Et puis épargne-moi cette pochette et cette cravate prétentieuses et laisse-moi t'aider à te passer ton cadeau au cou.

Baldwin la repousse d'un geste irrité.

– Ne perdez pas votre temps, et ne comptez pas sur moi pour compenser votre client perdu. Je suis gay.

Elle le retient quand même et son visage change.

– Je sais, je suis bien placée pour m'en souvenir, dit-elle.

Il se retourne et la dévisage.

– Ne fais pas ça, Melinda.

Mais elle se retourne face aux autres et s'explique.

– L'an dernier, en novembre, à Glasgow. J'ai frappé à sa porte de la part de Ray Orbison, le patron du Royal Duck.

– Le Royal Duck ? Celui sur Argyle Street, à Glasgow ? intervient Woodward. Excellente table. Ray Orbison est un chef prodigieux et…

Il s'arrête, fixe Baldwin, et soudain pose ses mains sur ses épaules.

– Mais bien sûr, ça y est, je te remets maintenant : Alistair McKay ! Tu es Alistair McKay, le critique gastronomique.

Il s'arrête à nouveau puis se tourne vers Melinda.

– Vous voulez dire que…

– Oui, j'ai été le cadeau maladroit de Ray Orbison à Alistair McKay.

– Pourquoi maladroit ?

– Parce que comme il vient de le rappeler, quand ça l'arrange, McKay est gay.

– Oups, s'amuse Woodward, la gaffe !

– Oh, il n'y a pas de quoi en rire, monsieur Woodward, parce que Ray a fini par le payer de sa vie.

– Comment ça ? Ray Orbison est mort ?

– Oui, explique Melinda sans quitter McKay des yeux. Il s'est pendu après une des critiques les plus assassines et les plus injustes jamais écrites par Alistair McKay.

– Vous avez descendu le Royal Duck ? s'étrangle Woodward. Malgré son dessert glacé meringué caramélisé de crumble d'amandes à la rhubarbe du

Yorkshire avec son sorbet au combava et au caviar de citron ? Sa gigue rôtie de cerf du domaine de Hopetoun et pomme de terre à la suédoise sauce grand veneur ? Vous avez vraiment descendu ce type qui propose un tartare de Saint-Jacques pêchées à la main et sa crème de pois cassés au Glenfidish rare collection et asperges de la Loire flambées à l'absinthe Fleur Bleue ?

– Il ne l'a pas descendu, précise Melinda, il l'a exécuté, guillotiné, fusillé en public. Il l'a sali, humilié, déshonoré. Il l'a lapidé. N'est-ce pas, McKay ?

– Je ne commente jamais mes critiques. Elles sont circonstanciées et se suffisent à elles-mêmes.

– Elles se justifient surtout par vos coups de queue plus que par vos coups de cœur.

– Qu'est-ce que ça veut dire ? s'inquiète Woodward qui a peur de comprendre.

– Que pour jouir d'une bonne note de monsieur McKay, gage de bonne réputation et de haute affluence, les maîtres-queux doivent quelques fois passer à la casserole !

Woodward est sonné debout. Ray Orbison, une des meilleures tables d'Écosse, et Alistair McKay, le critique légendaire !

– Et Ray Orbison était…

– Oui, il était gay lui aussi, mais il a refusé. Comme il savait que McKay était bi, il m'a envoyée à sa place. McKay s'en est vexé et la critique qui a suivi a eu pour conséquence d'annuler toutes les réservations de fin d'année du Royal Duck. Les deux réveillons, Noël et Nouvel An. Plus aucune réservation à partir de janvier. Un désastre économique. Il s'est pendu dans sa cuisine le 14 février dernier à quatre heures du matin sans une seule réservation pour la Saint-Valentin.

– Une simple critique gastronomique peut-elle vraiment suffire à…

– *… un critique peut coucher sur le papier en toute honnêteté ses meilleures et ses pires expériences, mais aucun chef ne devrait pouvoir lui proposer de coucher tout court pour obtenir une note qu'il ne mérite pas*, récite Melinda.

– Vous avez écrit ça ? Vous avez vraiment écrit ça ? s'offusque Woodward.

– Foutez-moi la paix ! grogne McKay en retournant vers le premier salon.

– Ça alors, lâche Woodward qui n'en revient pas, on peut dire que vous faites un fieffé salaud, mon gars. Moi qui vous admirais presque autant que Ray Orbison. J'ai encore en tête la critique que vous aviez faite après votre dégustation de son fameux haggis à la française pour la cérémonie du haggis du souper de Burns, le 25 janvier d'il y a deux ans. Rappelez-vous, il avait osé remplacer la crépine de bœuf par une véritable panse de brebis, et le hachis d'abats par un hachis aux trois viandes. Et sa purée de rutabaga tourbé ! Contre vents et tempêtes, vous l'aviez qualifié de haggis du siècle malgré le hourvari de la Burns World Federation.

– C'est quoi, ce Burns ? demande Betty.

– Betty, comment peut-on être écossaise et ne pas connaître Robert Burns ? Burns, c'est un poète…

Melinda coupe Woodward.

– … un poète-paysan un peu prout-prout et débordant de lyrisme qui a chanté les femmes, l'Écosse et le haggis. Le fils préféré de l'Écosse, le barde de Ayrshire. Fermier désastreux, mais grand géniteur, il laisse à sa mort une femme, neuf gosses, et des poèmes mielleux de romantisme.

– Mais si, tu le connais ! intervient Woodward en se tournant vers Betty pour reprendre la parole. Il a écrit *Auld Lang Syne* que tu chantes comme tout le monde à chaque Nouvel An, pour les festivités du Hogmanay, et aussi *Scots Wha Hae* qui a longtemps été l'hymne écossais ! Je suis certain que même les jumeaux connaissent Burns.

Il se tourne pour chercher leur approbation du regard, mais ne les trouve pas.

– Ils sont où, les Proclaimers ?

– Je croyais qu'ils s'appelaient Campbell.

– Erwen, essaye de suivre un peu, et vis avec ton temps, mon ami : les Proclaimers, c'est le nom d'un groupe, un duo de jumeaux. Tu ne connais pas leur tube, *I'm gonna be (500 miles)* ?

– Euh… non.

– Erwen, mais d'où tu sors, c'est la musique du générique de *Cadavres à la pelle*, bon sang, de John Landis !

– *Cadavres à la pelle* ?

Woodward n'a pas le temps de s'offusquer de tant d'ignorance. Une pétarade résonne soudain dans le château. Un bruit aigu de moteur qui hurle en surrégime accompagné de cris hystériques. La terreur n'a pas le temps de saisir ceux qui se sont figés, inquiets, au pied du sapin. Deux psychopathes en toge noire, le masque distordu de *Scream* sur le visage, surgissent dans le salon, une tronçonneuse hurlante à bout de bras. Le moteur des scies crache des jets de fumée bleue et des étincelles, et les dents de la chaîne tournent autour de la lame ensanglantée. Ils bondissent par-dessus les sofas et les fauteuils et se jettent sur les autres qui se dispersent en hurlant de panique. Chacun cherche à fuir, bousculant les fauteuils, renversant les chaises, sautant par-dessus les tables basses. Woodward se saisit d'un lampadaire qu'il arrache à sa prise et se retourne pour faire face à la lame hurlante qui le rattrape.

La détonation arrête net toute cette folie. Les jumeaux se figent, leurs tronçonneuses en plastique soudain silencieuses. Les autres les regardent. Ceux qui sont tombés n'osent pas se relever. Woodward a plaqué Melinda au sol pour la protéger de son corps et, maintenant que la peur est passée, elle sent bien qu'il en profite un peu, et lui qu'elle ne se dérobe pas vraiment, rassurée qu'il la protège de son corps. Elle croit que l'odeur âcre dans la pièce est celle des moteurs des tronçonneuses. Lui devine que c'est une odeur de poudre. Il relève la tête et regarde autour de lui. Eliot est tombé à la renverse, les bras tendus vers le ciel. Dans ses mains, le Walter PPS de Punky, le canon encore fumant. Quand Woodward comprend ce qui s'est passé, il se relève aussi vite qu'il le peut, furieux, arrache l'arme des mains du gamin au passage, et fonce droit sur les jumeaux qui n'ont pas le temps d'enlever leur masque. La même gifle de Woodward les couche tous les deux au sol, avant qu'il ne fracasse leurs jouets démoniaques contre le manteau de la cheminée. Quand un des jumeaux se relève, toujours masqué, il ne sait pas s'il assomme le garçon ou la fille. Les autres reprennent leurs esprits, un à un. Erwen Edwards se précipite sur Eliot et le serre dans ses bras pour le rassurer.

– Pauvres petits cons, hurle Woodward, mais qu'est-ce que vous avez dans le crâne ?

Quand il enlève son masque, Kyle, le nez éclaté, s'inquiète aussitôt pour sa sœur. Il dégage son visage et vérifie qu'elle respire.

– Espèce de salaud, si elle en garde la moindre séquelle, je vais chercher une vraie tronçonneuse.

– Je t'aurai buté avant, abruti, tu te rends compte du drame que ça aurait pu provoquer ?

– On voulait juste mettre un peu d'ambiance dans ce réveillon de merde. Les tronçonneuses, c'étaient juste des jouets, bande de nazes.

– Oui, eh bien le flingue, lui, c'en était pas un, de jouet.

– C'est ça, fais-nous la morale pour des tronçonneuses en plastique pendant que tu laisses un flingue chargé à portée d'un môme.

La remarque du jumeau ramène Woodward à la raison. Il cherche des yeux Punky qu'il ne voit pas et lui demande à voix haute comment il peut être assez inconscient pour laisser une arme chargée à portée de n'importe qui. Punky ne répond pas et Woodward, furieux, va répéter la question quand il se souvient que c'est lui qui a le chargeur dans sa poche. Il retourne l'arme dans sa main et constate que le magasin est vide.

– Merde alors ! Il restait une munition dans le canon. Punky, comment tu expliques ça ?

Comme Punky ne répond pas, Woodward ordonne aux autres de trouver cet abruti et de le ramener vite fait.

– Pas la peine, dit Alistair McKay, il est là.

– Où ça, là ?

– Là, derrière le piano-bar, dans le premier salon.

– Qu'est-ce qu'il fiche, cet abruti irresponsable, il se cache ? Il a honte de ce qu'il a laissé faire ?

– Non, je crois que dans l'état où il est, il n'a plus honte de grand-chose… murmure McKay.

– Quoi, il s'est pris une murge, tout seul, dans son coin ?

– Non, il s'est pris une balle…

Eliot a eu peur. Il a vu les deux monstres débouler dans le salon en hurlant avec leur masque d'horreur et leur tronçonneuse. Les adultes l'avaient oublié, occupés à déballer leurs cadeaux. Un bout de temps déjà qu'il lorgnait sur le pistolet. Il avait été abandonné sur un coin de table basse. Quand les deux monstres sautent par-dessus le sofa et se jettent sur son père pour lui couper la tête, il prend l'arme pour le défendre. Et maintenant, Punky gît au pied du piano.

– Buchanan, rappliquez vite fait. Vous êtes médecin, oui ou non ?

– Oui et non. En fait, je suis légiste. Médecin légiste. Auprès de la morgue de Glasgow.

– Et alors, vous attendez qu'il meure pour qu'il devienne votre client ? Magnez-vous, nom de Dieu !

Buchanan ne peut que constater la mort de Punky.

– Je l'aimais bien, murmure Buchanan en baissant les paupières du cadavre.

– Vous le connaissiez à peine, nous nous sommes tous rencontrés ici par hasard il y a moins de deux heures.

– À part McKay et mademoiselle Artwell qui semblent se connaître d'avant, insinue Edwards.

– Alors, doc, toi aussi tu connaissais quelqu'un de notre équipée avant d'échouer ici ?

– Oui, lui, je le connaissais de Glasgow. C'était un flic de la Criminelle. Il a fait semblant de ne pas me reconnaître alors j'ai joué le jeu, mais c'est bien lui, même s'il a bien changé depuis.

– Depuis quoi ?

– Depuis l'an dernier, un peu avant Noël. Une sale affaire. Il cavalait après deux malfrats, sur le chemin qui longe la Clyde, sous le pont George V, à Glasgow. On ne sait pas trop ce qui s'est passé. Il a tiré dans le noir, en pleine course, à bout de souffle. On n'a jamais retrouvé ni même identifié les deux voyous, mais on a récupéré un gamin mort sous le pont.

– Punky ?

– Oui, la balle mortelle a bien été tirée par son arme, mais montrez-lui un peu plus de respect et arrêtez de l'affubler de ce surnom ridicule. Il s'appelait Morgan McFarlane, et contrairement à ce qu'on pense, c'était un bon flic. Mais après l'affaire de la Clyde, tout le monde l'a lâché. La hiérarchie, les politiciens, même les autorités religieuses. La presse a eu sa peau. Il a été démissionné. Et voilà qu'il est mort.

– Qu'est-ce qu'il faisait ici ? demande Woodward.

– Quelle question ! Vous savez ce que vous y faites, vous, ici ?

Woodward ne sait pas répondre à ça ni à l'urgence de la situation, alors il demande à Buchanan de prendre les choses en main. L'autre retrouve ses réflexes de légiste. Il fait toutes les observations, tous les prélèvements qu'il peut et toutes les photos nécessaires, puis il demande qu'on l'aide à porter le corps dans la chambre que McFarlane avait choisie. Il fait déposer le corps sur le lit, ne le couvre que d'un drap qu'il tire jusqu'à masquer le visage, et demande à ce qu'on laisse la fenêtre ouverte pour que la tempête fasse office de chambre froide.

– Vous pouvez redescendre, dit Buchanan, j'ai encore quelques gestes à pratiquer auxquels vous ne voulez pas assister. Retournez plutôt vous occuper du garçon.

Woodward et Erwen Edwards sortent de la chambre.

– Qu'est-ce qu'on fait, pour le gamin ? demande Woodward.

– Rien. Eliot sait ce que c'est que la mort et la culpabilité.

Le ton est si net, si définitif, que Woodward le retient par le bras.

– Si vous parlez de l'accident de sa petite sœur, je peux comprendre pour la mort, mais que vient faire la culpabilité là-dedans ?

– Ne cherchez pas à comprendre, je vous en prie, ne cherchez surtout pas…

Woodward s'y résout et ils font quelques pas quand Edwards l'agrippe soudain par la manche, l'entraîne vers sa chambre, ouvre la porte et le pousse à l'intérieur.

– Je vous en prie, Woodward, n'allumez pas et ne dites rien, vous entendez, pas un mot. Laissez-moi parler, sinon je ne pourrai pas… C'est une tragique histoire. Je ne sais pas ce qui a basculé chez ma pauvre Linda. Elle n'a pas toujours été comme ça, vous savez. Elle l'est devenue. Je ne sais ni pourquoi ni comment, et pour tout dire, c'est sûrement de ma faute aussi, car moi je n'ai rien vu venir. Ou rien voulu voir. La violence s'est installée chez nous, entre nous, c'est-à-dire entre elle et nous, à la naissance d'Eliot. Je pense en fait qu'elle ne voulait pas d'enfant. Elle a pourtant joué à la future maman comblée et heureuse. Nous préparions la venue de l'enfant. Les premiers vêtements, la couleur de la chambre, la liste des prénoms, tout ça… Mais dès la naissance, elle a changé. J'y suis sûrement pour quelque chose, et je me maudis de ne pas savoir pour quoi exactement. Peut-être d'avoir désiré cet enfant plus qu'elle. Peut-être. Très vite, elle nous en a voulu, à Eliot et à moi, d'avoir déformé son corps, mis un terme à sa vie de jeune femme, détruit son existence et ses nuits. Elle a commencé à s'en prendre au bébé et j'ai essayé de la calmer. Quand j'ai compris que ma résistance ne faisait qu'amplifier sa violence, j'ai arrêté de m'y opposer frontalement. J'ai décidé de tout encaisser pour qu'elle épargne Eliot, et Lizbeth qui est née entre temps…

– Vous avez fait un deuxième enfant malgré tout ça ?

– Oui. En ce temps-là, il lui arrivait de laisser sa colère retomber. Nous nous retrouvions dans de fulgurantes étreintes. Mais j'ai très vite compris que ces émois exagérés n'avaient lieu que quand les enfants n'étaient pas là. Chez ses parents ou chez les miens. Pour tout dire, j'ai vite compris que c'était une sorte de marchandage. Quand je lui ai dit que j'avais compris, je suis devenu un homme battu…

– Merde, Edwards, un homme battu ? Comment avez-vous pu laisser faire ça ?

– Je vous en prie, Woodward, fermez-la ! Oui, c'est vrai, battu, tabassé, moqué, humilié. Même s'il y avait quelques armistices. Quelques répits. Jusqu'à l'an dernier. Lily est tombée malade. Elle devait souffrir de quelque chose de douloureux. Les dents, peut-être. Elle a pleuré toute la journée. Linda en était exaspérée et elle a perdu tout contrôle. Elle est entrée comme une furie dans la chambre où je tentais de calmer Lily, folle de rage, m'a écarté du berceau et s'est jetée sur Lily et elle l'a… elle l'a prise à bout de bras et… Lily hurlait de plus en plus et Linda l'a… elle l'a secouée en lui aboyant de se taire. Elle a secoué Lily. Secouée, secouée… et… et Lily s'est tue…

– Nom de Dieu, Erwen, ne me dites pas que…

– Si. Ma petite Lizbeth s'est tue. À tout jamais. J'étais contre le chambranle, Eliot cramponné à mes jambes, et je regardais Linda. Elle tenait encore à bout de bras Lizbeth dont la tête penchait sur le côté, comme celle d'un oisillon… d'un oisillon mort.

– …

– Linda s'est rendu compte que nous la regardions. Elle a ordonné à Eliot de retourner se coucher. Nous sommes restés seuls et elle m'a commandé d'aller chercher le tricycle d'Eliot, en bas. Elle parlait avec un calme effrayant, sans émoi, sans panique. J'ai remonté le tricycle sur le palier, sans comprendre, machinalement, et elle m'a envoyé m'occuper d'Eliot. Je n'ai pas désobéi. Je n'ai rien dit. Je n'ai pas désobéi parce que c'était trop tard pour ma petite Lily. J'étais décomposé. Je n'y croyais pas. Je sais, je suis un faible, un salaud, une merde. Je n'ai pensé qu'à Eliot. J'ai entendu un bruit dans l'escalier, et Linda est entrée dans la chambre. Sans un regard pour moi, elle est allée droit vers Eliot et lui a dit qu'il avait intérêt à expliquer que sa sœur était tombée dans l'escalier avec le tricycle que son père avait laissé traîner sur le palier. Sinon, il s'en prenait une. Une demi-heure plus tard, la police était chez nous, consternée par ce drame atroce. Cette jeune mère en larmes qui venait de perdre sa petite fille par la négligence de son imbécile de mari. Ils lui ont même demandé si elle voulait porter plainte contre moi… D'après eux, je méritais presque une inculpation pour homicide involontaire… Voilà, Woodward, voilà pour la culpabilité de mon pauvre Eliot. Vous comprenez, maintenant ? Je me moque de la mienne, vous vous en doutez bien, je suis un homme fini depuis longtemps, mais je me tourmente pour celle d'Eliot. Et ce qui vient de se produire en bas n'est pas fait pour l'aider…

Il pleure et Woodward n'ose ni un mot ni un geste. Il se lève et quitte la pièce sans allumer. Dans le rai de lumière de la porte qui se referme, il aperçoit sur le lit un gant de boxe.

Dans le couloir, il surprend Buchanan qui s'étanche d'une longue rasade. Une petite flasque argentée, comme dans les mauvais films de détectives. De l'alcool fort, à en croire la grimace satisfaite du légiste.

– Allez-y doucement quand même, doc, la soirée ne fait que commencer.

– Vous pensez avoir encore besoin de mes compétences de légiste ?

– Avec la bande d'énergumènes que nous avons en bas, pourquoi pas ? D'un médecin, tout au moins.

– Laissez-moi reprendre du courage, alors !

Il bascule la tête en arrière pour une autre longue gorgée.

– Vous devriez en profiter tant qu'il en reste, dit-il en tendant la flasque à Woodward.

– Le bar est bien garni, ça devrait me suffire.

– Pas de ce whisky-là. C'est du Bunnahabhain. Un single malt d'Islay. 41,8° tourbé à 6 000 livres la bouteille.

– Alors là, qui pourrait refuser une petite gorgée à 200 livres ?

Woodward se saisit de la flasque et en hume le goulot. Un nez intense. Notes de cire d'abeille et de miel d'abord, d'agrumes et d'épices ensuite, de fruits secs et de tabac blond enfin. Woodward en boit une goulée qu'il garde en bouche. Les yeux fermés au ciel, il laisse perler dans sa gorge le précieux alcool. Des saveurs de fruits tropicaux et d'abricots secs laissent place aux épices. De gingembre. D'une tourbe boisée et délicatement fumée qui s'étire en noix grillées et en bois noble.

– Ça alors ! Merci, doc, vous avez fait ma soirée. Quel régal !

– Oui, lâche Buchanan pas très convaincu. Pour la soirée, j'ai bien peur qu'elle ne soit pas aussi chaleureuse et agréable que ce Bunnahabhain.

– Peut-être, mais nous au moins, nous aurons eu ça, quoi qu'il arrive. Mais vous avez raison, redescendons voir ce qui se passe en bas.

Le corps de Punky hors de vue, l'alcool à volonté aidant, le choc est passé, même si l'esprit de Noël a du mal à résister. Les jumeaux boudeurs se sont isolés dans un sofa, prostrés par la destruction de leurs jouets. Personne ne comprend comment, à leur âge, ils avaient choisi, acheté et emballé le même cadeau horrible. Ni ce qu'ils comptaient en faire s'ils avaient pu rejoindre leur mère pour le réveillon. Et quel cadeau des gamins déglingués comme eux avaient-ils pu choisir pour leur mère ? À moins qu'elle ne soit du même genre démoniaque que l'engeance qu'elle avait enfantée, à se pâmer d'un gant à la Freddy, aux longs ongles en lames d'acier.

Betty s'est installée dans un fauteuil, Eliot sur les genoux, et lui raconte des choses qui le font à peine sourire. Les autres boivent.

– Que va-t-il se passer pour le petit Eliot ? demande Woodward à Buchanan quand ils rejoignent le salon.

– Pourquoi me posez-vous la question ? Je suis médecin, pas flic.

– Oui, mais à la télé, tous les légistes sont au courant des pratiques policières et de la procédure judiciaire, non ?

– La télé, c'est de la télé, et la vraie vie est bien plus compliquée, mais je pense que le gosse ne risque pas grand-chose. C'était de toute évidence un accident, dû à la négligence de la victime, en plus. McFarlane était un ancien flic, il aurait dû vérifier qu'il ne restait pas de munition dans le canon. Ça n'en reste pas moins une triste ironie du sort, murmure le légiste.

– Pourquoi dites-vous ça ?

– McFarlane s'est fait virer de la police pour avoir flingué un gamin, et il se fait virer de la vie, flingué par un autre gamin.

– Oui, mauvais karma, soupire Woodward, comme quoi on ne peut jamais savoir…

– Ce que j'aimerais savoir, moi, c'est qui est assez con pour offrir une arme chargée, même à un ancien flic.

Les mots du légiste font revenir Woodward à la réalité.

– Moi, j'aimerais surtout savoir à quoi rime toute cette histoire. Qui tire les ficelles et nous manipule ? Qui savait que nous ferions une halte forcée dans ce manoir, et qui pouvait connaître nos prénoms ? Celui de Punky, par exemple, qui n'avait pas donné le sien. Ou celui de ce McKay qui en avait donné un faux.

Buchanan prend son temps pour répondre.

– Peut-être que nous avons été choisis, qui sait ? Vous, je ne sais pas pourquoi, mais moi, peut-être pour gérer vos cadavres qui vont s'accumuler, ce serait assez cohérent.

Il regarde pâlir le visage de Woodward et éclate de rire.

– Je déconne ! Trinquons plutôt, dit-il en tendant sa fiasque à Woodward.

– *Merry Christmas!*

– *Merry Christmas!*

En les entendant trinquer, tous les autres se tournent et lèvent leur verre.

– *Merry Christmas!*

– Alors tu n'as pas pu résister, pauvre fiotte. Tu lui as tout raconté, pleurnichard que tu es. Froussard, dégonflé. Lopette.

La salle de bain s'allume dans son dos. Il se retourne et Linda Edwards est là, debout, dans l'encadrement de la porte, en chemise de nuit. Il regarde sa sèche silhouette en contrejour. À travers le tissu transparent. Depuis combien de temps ne désire-t-il plus rien de ce corps ? Elle devait se préparer pour se coucher. Ou plutôt non, puisque la salle de bain était éteinte. Elle l'attendait peut-être. Pour le piéger. Une araignée dans son trou.

– Qu'est-ce que tu fais, pauvre idiot, tu crois vraiment que j'aurai peur ? Que tu en auras le courage ? Ça fait si longtemps que tu n'as plus de couilles que c'en est pathétique.

Il se demande pourquoi elle dit ça, puis se rend compte que, machinalement, il joue avec le gant de boxe.

– Vas-y ! Mets-le ! Bats-toi pour une fois !

Il roule la boule de cuir entre ses mains. Il aime sa rondeur. L'épaisseur. La puissance que ça suppose. La pensée absurde lui traverse l'esprit qu'il caresse le cuir souple et lisse comme il caressait, amoureux fou, les hanches ou les seins de Linda. Avant. Il y a si longtemps. Comment ont-ils pu ? Ses doigts frôlent l'ouverture capitonnée des gants comme ils ont frôlé son sexe. Il se souvient de la première fois…

– C'est ça, vas-y, fourres-y ta petite main de poltron pour ne pas te faire bobo. Moi, je me battrai à mains nues.

Il fourre toute sa main d'un seul coup dans le cuir, au plus profond du gant, comme il n'avait pas su se retenir à l'époque de pénétrer sans douceur Linda, dans la précipitation du désir. Une force incontrôlable. Une irrésistible envie. Et maintenant, voilà qu'il tient son bras droit devant lui, comme bandé dans le gant.

– Alors nous y voilà, siffle-t-elle en s'approchant du lit, tu te rebelles enfin. Tu te rebiffes, petit roquet, et c'est bien. Tu vas enfin me donner l'occasion que j'attends depuis si longtemps, depuis que tu m'as engrossée de ces deux lardons, depuis que vous m'avez pris mon corps et ma jeunesse. Regarde comme vous m'avez foutue ! Alors mets l'autre gant, pauvre tache. Mais dis-toi bien que moi, je n'en prendrai aucun avec toi.

Elle a contourné le lit, elle est à un mètre de lui.

– Allez, lève-toi, Erwen Edwards, qu'on en finisse enfin.

– Tu n'as rien entendu, tout à l'heure ?

– Quoi, qu'est-ce que tu cherches encore comme excuses ?

– Le coup de feu, tu ne l'as pas entendu ?

– C'était un coup de feu ?

– Oui. Eliot a tiré avec l'arme que Punky a reçue en cadeau.

– Il a tué quelqu'un, j'espère…

– Oui, Punky.

Elle n'aurait pas dû. Si elle ne l'avait pas fait, peut-être qu'il n'aurait jamais osé. Mais elle éclate de rire. Elle se réjouit de cette bénédiction du sort. Elle va être débarrassée de ce pleurnichard de menteur d'Eliot qui va finir en maison de correction.

Il se lève d'un bond et, quand il est debout devant elle, elle est saisie par la haine dans ses yeux. La peur qu'il lit pour la première fois dans les siens décuple sa fureur. La boule de cuir cingle l'air et la frappe au visage. Ce n'est ni un jab, ni un cross, ni un hook. Ce n'est rien d'élégant. C'est un geste d'une telle rage qu'Erwen en perd l'équilibre et que tout le poids de son corps se projette dans son poing. Il voit le visage de Linda se déformer à l'impact. Au ralenti. Presque comme à la télé. La mâchoire se déboîte sur le côté. Les yeux exorbités roulent vers le haut. Les joues relâchées ballottent. Le cou s'étire et se distend. Sa bouche se tord plusieurs fois et le vide se fait dans son regard. Une expression stupide. Un faciès de demeurée. Puis le corps de Linda s'affaisse comme une chiffe.

C'était donc si facile ? Il suffisait donc de ça ? De devenir comme elle ? Erwen fixe le corps affalé de Linda, petite, avachie, vaincue, inoffensive. Il défait son gant et le laisse tomber sur le corps inerte de sa femme. Quelques minutes plus tard, il rejoint les autres dans le salon et se dirige droit vers Eliot qu'il prend dans ses bras en pleurant.

– C'est fini, mon grand, c'est fini, ne t'en fais pas.

– Tout va bien, l'ami ? s'inquiète Woodward.

– Tout va bien. Tout va très bien !

McKay s'approche de Woodward d'un pas incertain.

– Je me disais que si quelqu'un s'est donné le mal de dresser une table avec nos noms, c'est peut-être qu'un repas est prévu.

– Quoi, malgré les circonstances, vous avez faim, Alistair ?

– Non, mais si un repas est prévu, cela suppose qu'il y a des cuisiniers quelque part pour le préparer, et du personnel pour le servir.

– Oui, j'y ai pensé, mais j'ai eu beau chercher, je n'ai pas trouvé trace de la moindre cuisine.

– Pourtant, ce château, plutôt isolé en plus, a des chambres. Il doit bien être équipé pour préparer ne serait-ce que les petits-déjeuners, non ?

– Peut-être, McKay, peut-être, mais partie comme est la soirée, je me contenterai de boire jusqu'à demain matin, si cela ne vous dérange pas.

– Je ne trouve pas cela très raisonnable.

– McKay, vous voyez quoi que ce soit de raisonnable dans ce fichu réveillon ? Partez à la recherche de votre cuisine si ça vous chante et fichez-moi la paix.

Le critique s'éloigne en cherchant une réplique cinglante, quand Woodward le rappelle.

– McKay, si jamais vous finissez par mettre la main sur un cuistot, ne le poussez pas au suicide avant que je puisse lui parler, s'il vous plaît.

Woodward rejoint Betty Coolridge, et Melinda intercepte au passage McKay qui s'éloigne en grommelant de sourdes insultes.

– Alors, Alistair, toujours bi ? susurre-t-elle à son oreille. Si ça te dit, je veux bien t'accompagner à la recherche de la cuisine perdue. Ou de n'importe quel autre plaisir gourmand, d'ailleurs…

Le baiser silencieux qu'elle lui adresse du bout de ses lèvres charnues ne laisse aucun doute sur la gourmandise de ses intentions.

– Les cuisines d'abord !

– Bien chef, accepte-t-elle en saisissant sa cravate.

Elle se tourne, la passe sur son épaule, et le devance en le tenant par le cuir comme on guide un animal hésitant.

Woodward les observe et s'en amuse.

– Eux, au moins, sont d'humeur, glisse-t-il à l'oreille de Betty.

– Eh bien moi, toujours pas. Tu ne penses qu'à ça, est-ce que tu pourrais au moins penser un peu à moi ?

– Mais quand je pense à toi, je ne pense qu'à ça, Betty ! cherche-t-il à plaisanter.

– Ne fais pas l'idiot, tu sais très bien ce qu'il en est. Charles et les enfants doivent m'attendre et je n'ai aucun moyen de les prévenir. C'était idiot d'aller dans cette auberge nous envoyer en l'air le matin du réveillon.

– C'était idiot, mais c'était bon, non ?

– C'était juste idiot, James. Comment vais-je pouvoir leur expliquer ça ? Je suis sûre que Charles se doute déjà de quelque chose. S'il veut le divorce, qu'est-ce que je vais devenir ?

– Si tu divorces, je t'épouse.

– Tu plaisantes, j'espère ?

– Pourquoi serait-ce une plaisanterie ?

– James, je suis mieux placée que quiconque pour savoir le sort que tu réserves à tes légitimes.

– Quel sort ? s'offusque-t-il.

– Tu les trompes, James, toutes, sans exception, avec des femmes comme moi. C'est ton quatrième mariage, James, chaque fois avec une maîtresse que tu trompes dès qu'elle devient ton épouse.

– Oh, là, tu exagères un peu, tu ne crois pas ?

– James, je ne divorcerai jamais de Charles. Toi et moi, nous baisons bien, je te l'accorde, mais c'est tout. Restons amants tant que ça ne met pas mon couple et ma famille en danger, tu comprends ?

– Betty, c'est tout ce que je demande : monter nous envoyer joyeusement en l'air dans notre chambre.

– Mais tu fais exprès de ne pas comprendre, ou quoi ? Je ne dis pas que je n'en ai pas envie, je dis que je n'ai pas la tête à ça. Je ne pense qu'à Charles et aux enfants qui doivent être morts d'inquiétude. Et puis il y a un mort, James. Le môme vient de descendre ce type. Et maintenant, son cadavre est allongé sur un lit dans une chambre voisine de la nôtre.

Woodward va répondre quand une double porte que tous croyaient verrouillée s'ouvre brusquement sur un majordome en uniforme suivi d'une serveuse et de deux serveurs, tous en tenue, les bras chargés de plateaux recouverts d'une cloche en argent.

Woodward se précipite aussitôt.

– Mais nom de Dieu de bon sang de bonsoir, où étiez-vous ? Qui êtes-vous ? Pourquoi n'avez-vous pas répondu à nos appels ? Où sont les propriétaires ?

C'est l'effervescence dans le salon. Tous se précipitent vers les nouveaux venus. Les questions fusent de tous les côtés. Le téléphone ? La connexion WiFi ? Les clés pour les chambres ? Les noms sur les cadeaux ?

Le maître d'hôtel reste d'un calme absolu et demande le silence d'un ton mesuré.

– Désolé, mais nous ne sommes ni les propriétaires ni les domestiques du château. Nous ne sommes que le personnel du traiteur chargé de préparer et de servir le dîner.

– Mais pourquoi n'avez-vous pas répondu à nos appels ?

– Parce que nous ne pouvions pas vous entendre, Monsieur. Les cuisines sont situées dans une dépendance extérieure au château auquel elles sont reliées par un couloir souterrain.

– Génial ! Vous avez sûrement un téléphone, là-bas ? Pouvons-nous prévenir nos proches ?

– Malheureusement non, Madame. Nous sommes, comme toute l'Écosse cette nuit, j'en ai bien peur, isolés par cette terrible tempête.

– Mais depuis combien de temps êtes-vous là ?

– Dans les cuisines, Monsieur ? Depuis la mi-journée. J'ai longtemps cru que nous étions les derniers à avoir pu rejoindre le manoir.

– Mais si vous pensiez que personne n'avait pu le rejoindre après vous, pourquoi surgissez-vous tout à coup pour servir le dîner ?

– Parce que chez Sackmann Gourmet Traiteur, Monsieur, quand un service est commandé pour 20 h 00, nous servons le dîner à 20 h 00. D'ailleurs, si je peux me permettre, je vous invite à rejoindre vos places afin que nous puissions servir les entrées froides et que je puisse vous annoncer le menu.

Ils hésitent, surpris par le ton cérémonieux et décalé du majordome, puis chacun s'installe en respectant le chemin de table, qui leur attribue une place bien précise. Quand le maître de cérémonie s'inquiète en silence, d'un haussement des sourcils, de l'absence de quatre convives, Woodward prend les devants.

– Je vous en prie, décide-t-il, commençons sans les attendre.

– Monsieur en est-il certain ?

– Monsieur meurt de faim.

– Puisqu'il en est ainsi, Monsieur…

Il fait signe à son personnel qui se répartit autour de la table et s'accorde pour soulever, en même temps, d'un mouvement harmonieux et prétentieux à la fois, les trois cloches.

– Roulé de saumon de la Tweed pêché à la canne, mariné au Coromandel Dry Gin de Nouvelle-Zélande sur une brunoise de pommes reinettes. Verrine de mousse de cœur d'artichaut à la crème d'échalotes et émietté de bacon frit. Et mollet d'œuf de caille pané à l'écossaise dans un hachis de veau au paprika.

Le majordome, en homme de circonstance, laisse planer un silence suspendu et gourmand avant de continuer.

– En entrée chaude vous sera servi un Cullen skink traditionnel du comté de Moray en velouté de haddock de Findon, d'oignon et de pomme de terre, revisité d'un soupçon de crème de lait avec ses demi bannocks grillés.

– Parfait, approuve Woodward, j'espère que McKay ne va pas trop tarder. Ce serait un crime de manquer de tels délices.

– Monsieur parle-t-il d'Alistair McKay, le célèbre critique ?

– Oui, il est des nôtres. Il est en fait parti à la recherche de vos cuisines.

– Alors je suis sûr qu'il appréciera notre très réputé et très traditionnel haggis qui suivra ces entrées. Les meilleurs abats, finement hachés dans un mélange d'avoine, d'épices et de sel avec un soupçon de menthe et de muscade et roulés dans une crépine de bœuf vidée et nettoyée dans laquelle tout va bouillir pendant deux heures et quart. Servi avec l'accompagnement traditionnel des trois purées : de pommes de terre, navets et rutabagas, ainsi que des biscuits salés. Avec sa Red Berry sauce au whisky, au thym et à la double crème, évidemment.

– Évidemment, s'amuse Woodward. McKay va en mourir s'il manque ce plat de résistance.

– Eh bien s'il nous rejoint, monsieur McKay pourra toujours se rattraper sur le second plat chaud avec notre délicieux rosbif d'Angus flambé au whisky et déglacé à la double crème avec ses émincés de pommes de terre et de navets glacés au beurre et sa poêlée de champignons sauvages.

C'est le moment que choisit Melinda Artwell pour rejoindre la table. Malgré sa posture de cire à la madame Tussaud, Woodward croit bien remarquer, tout au fond des yeux immobiles du majordome, une infime étincelle de stupre et de luxure.

– Et McKay ?

– Guidé par un délicieux fumet, il a semble-t-il trouvé le chemin des cuisines vers lesquelles il s'est précipité.

– Vous n'êtes pas restée en sa compagnie ?

– Il fallait s'engager dans un long couloir souterrain pour lequel il n'a trouvé aucun interrupteur. J'ai préféré ne pas tenter le diable.

– C'est pourtant vous qui m'avez semblé jouer les tentatrices.

– Mauvais réflexe professionnel, reconnaît Melinda Artwell, surtout avec McKay que je préférerais étrangler avec mon porte-jarretelle plutôt que de lui vendre la moindre part de moi. Surtout après ce qu'il a fait à Ray.

– Votre porte-jarretelle…

– Hum ! Tout ça me semble délicieux ! s'exclame-t-elle pour couper court aux fantasmes de Woodward. Inutile d'attendre McKay, il doit se brûler les doigts à nettoyer et lécher les gamelles et les fonds de casseroles à l'heure qu'il est.

– Comment a-t-il fait pour trouver les cuisines ?

– Il a suivi le fumet du haggis et de la Red Berry sauce. Il m'a laissée à l'entrée du souterrain, comme un somnambule, le nez pointé, aimanté par les arômes et les parfums. Qui d'autre manque-t-il ?

– McFarlane, pour des raisons évidentes, énonce Woodward, et Linda Edwards doit faire sa tête de seiche dans sa chambre. Et c'est tout, maintenant que vous êtes revenue.

Et comme il prend la main de Melinda Artwell pour la baiser, Betty, tout sourire, lui dégaine sous la table un pointu du pied dans les tibias.

– Tout ceci est quand même très étrange, dit-elle en se donnant des airs de lady de province, ce McFarlane tué par une balle tirée par un enfant alors que l'an dernier, c'est lui qui tuait un enfant. Par balle lui aussi.

– Comment sais-tu ça ? s'inquiète Woodward en essayant de capter le regard de Buchanan.

– Monsieur Buchanan me l'a raconté tout à l'heure. Son métier le fait beaucoup travailler avec la police. Il connaissait bien le dossier pour avoir pratiqué l'autopsie de la petite victime.

– McFarlane a eu un mauvais réflexe, explique Woodward. Il a tiré trop vite et sans réfléchir, dans un passage sombre sous le pont George V à Glasgow. Et ici, il a commis la négligence de laisser traîner une arme sans vérifier qu'elle était inoffensive.

– James, je te rappelle que c'est toi qui lui as confisqué le chargeur.

– Oui, encore une chance, malgré la munition restée dans le canon. N'importe lequel d'entre nous aurait pu récupérer l'arme et le chargeur complet et s'amuser avec et faire un carton.

– Un carton ? s'inquiète la jumelle. Mais qui et sur qui ?

– Pourquoi pas toi, par exemple ? Ou ton frère, avec vos jeux débiles et vos pensées macabres. Je vous vois bien perpétrer un carnage à la Charles Manson.

– Charles qui ?

– Laisse tomber. De toute façon, j'ai planqué le Walter et son chargeur.

– Non, mais tu entends ce que tu dis ? s'offusque Betty. Comment peux-tu proférer pareilles horreurs ? Tu tiens vraiment à leur donner de telles idées ?

– C'est toi qui as abordé le sujet, Betty chérie, avec l'histoire de McFarlane.

C'est le moment que choisit le majordome pour faire part de son inquiétude compassée sur la suite du repas.

– Ces messieurs-dames ont-ils vraiment l'intention de dîner, ou dois-je faire rapporter les plats à la cuisine ?

– Bien entendu que nous allons dîner, ne touchez surtout à rien, intervient Buchanan. Rappelez-moi votre nom ?

– Je n'ai pas souvenir d'avoir eu la prétention de vous le donner, Monsieur, mais je m'appelle Archibald Decoe.

– Alors, Archibald, s'il vous plaît, pardonnez le désordre de cette soirée. Je vous promets que nous allons tout déguster comme il se doit. Pouvez-vous juste rapporter le Cullen skink aux cuisines pour le garder au chaud le temps que nous savourions ces entrées froides ?

– Et pour les vins, Monsieur ?

– Ah oui, les vins ! Eh bien, disons que nous allons dîner au champagne, j'ai vu qu'il y en avait au frais dans le frigo secret du salon.

– Dois-je comprendre qu'il faut que je vous le serve maintenant, Monsieur ?

– Laissez, Archibald, nous nous en débrouillerons nous-mêmes. À la *bonne francette*, comme disent les grenouilles.

– *Franquette*, si je peux me permettre, Monsieur. L'expression correcte est : *à la bonne franquette.*

– Oui, oui, probablement, ces Frenchies sont d'un illogisme absolu.

Le majordome et les serveurs retournent aux cuisines avec le Cullen skink, et quand ils sont partis, tous se pâment de l'onctuosité du saumon de la Tweed.

– Je trouve, dit Melinda, que le plus étrange de toute cette soirée, c'est de voir débarquer de nulle part ce personnel et ce dîner de fête.

– Moi je maintiens que le plus étrange, ce sont ces événements bizarres, insiste Betty.

– Chérie, tu ne vas pas revenir sur…

– Je ne parle plus de ce pauvre McFarlane, mais prenez l'histoire du tricycle, par exemple.

– Quoi, le tricycle ? coupe Erwen Edwards.

– Eh bien votre petit Eliot a failli se tuer en dévalant l'escalier avec ce tricycle rouge.

– Et alors ? interroge Melinda.

– Alors, monsieur Edwards, vous avez bien perdu, l'an dernier, votre petite fille dans les mêmes circonstances, non ?

Edwards se lève en bousculant la table et pointe Woodward du doigt, rouge d'une colère dont personne ne l'aurait cru capable.

– Woodward, espèce de salaud, vous m'aviez promis de ne rien dire.

– Mais je jure de n'avoir rien dit, Erwen !

– Quoi ? Tu le savais ? s'étonne Betty. Pourquoi ne m'as-tu rien dit ?

– J'avais donné ma parole à Erwen !

– Mais si Woodward ne vous a rien dit, s'inquiète Edwards, qui l'a fait, alors ?

Betty ne répond pas et laisse son regard glisser jusqu'à Eliot, le nez dans sa verrine.

– Eliot ? demande Edwards.

Il s'est calmé dans l'instant. Sa voix a perdu toute colère.

– Quand madame Woodward m'a consolé après la bêtise que j'ai faite avec le pistolet, elle m'a demandé si j'avais des frères et sœurs. Comme maman me l'a appris, j'ai juste dit que j'avais une petite sœur qui s'est tuée en tombant dans les escaliers avec mon tricycle que papa avait laissé traîner sur le palier.

– C'est vrai, ça ? Vous avez vraiment laissé traîner un tricycle en haut d'un escalier ? s'offusque Melinda Artwell.

– Melinda, je vous en prie, intervient Woodward d'une voix conciliante, c'est encore une blessure douloureuse pour toute leur famille.

– Quand même… murmure Melinda.

– Je suis bien d'accord avec elle… bougonne Betty.

– Putain, vous allez la fermer ! hurle Woodward en frappant des deux mains sur la table. Vous ne savez rien, rien de rien, de ce qui s'est passé, alors bouffez votre saumon, et fichez-lui la paix.

Personne n'a le temps de réagir. Un cri résonne dans le hall. Un hurlement de rage, de peur et de douleur à la fois, aussitôt suivi d'un funeste silence.

– Linda ! hurle Edwards.

– Personne ne bouge ! commande Woodward en courant vers le hall.

Mais tous le suivent dans un brouhaha de chaises qu'on recule et qui tombent. Et tous se figent dans la même stupeur quand ils découvrent le drame. Linda Edwards gît en bas des escaliers, le corps désarticulé, le crâne fracassé. Obscène. Nue sous une nuisette transparente maculée de sang. Une fine bretelle s'est rompue et un sein maigre et bleu a glissé du tissu. Une jambe, bizarrement tordue, garde son genou en l'air. Elle a, noués à ses mains, deux gros gants de boxe rouges.

Erwen pose ses mains sur les yeux d'Eliot. Quand le petit garçon les écarte, pour regarder quand même, le père n'insiste pas. Betty court récupérer un plaid sur un sofa du salon et revient le jeter sur le corps de Linda Edwards. Buchanan la retient. Il ordonne à tout le monde de retourner dans la salle à manger et commande à Woodward de fermer la porte du salon. Il s'exécute, expliquant que le légiste doit effectuer les premières constatations avant que quoi que ce soit touche le corps. Il s'en veut de parler de scène de crime, comme dans une série télé, se reprend, s'embrouille, puis chasse tout le monde d'un geste résigné de la main et rabat les deux battants de la porte.

– Elle est…

– Oui, elle l'est, confirme le légiste qui cherche en vain le pouls de Linda Edwards.

– Que s'est-il passé ? Pourquoi porte-t-elle ces gants ?

Buchanan ne répond pas et examine le corps en silence, longtemps.

– … quelque chose à la cheville. Entorse ou luxation, je ne peux pas dire sans palpation… Elle se tord le pied en abordant l'escalier, peut-être… Elle ne peut pas se retenir à la rambarde à cause des gants et tombe…

– Quelle idée de mettre ces fichus gants !

– Elle ne les a pas mis…

– Qu'est-ce que vous racontez, Buchanan, elle les a encore à ses mains.

– Woodward, comment nouez-vous des gants de boxe avec des gants de boxe aux mains ? Même si elle réussissait à lacer le premier, comment aurait-elle fait pour le second ?

– Vous voulez dire que…

– Je veux dire que quelqu'un l'a aidée à enfiler ces gants.

– Quelqu'un ? Mais qui, et pourquoi ?

– Pour qu'elle se tue dans l'escalier…

– Mais ça n'a aucun sens ! Comment son assassin, si assassin il y a, pouvait savoir qu'elle se tordrait la cheville en haut des marches ?

– Qui dit qu'elle n'a pas été poussée ?

– Vous délirez, Buchanan, il n'y avait personne là-haut quand elle est tombée. Erwen et Eliot étaient avec nous à table.

– Pourquoi pensez-vous à eux ? Pourquoi pas McKay, par exemple ?

– Eh oui ! Et pourquoi pas McFarlane, pendant que vous y êtes, vous voulez que nous montions voir s'il est toujours mort ?

– C'est ce que la police ferait, répond le légiste en observant de plus près le visage de la victime. Ou alors…

– Ou alors ?

– Difficile à dire avec l'état de son visage et son crâne fracassé, mais regardez : de toute évidence, le côté droit, le plus touché, a heurté les marches, ou le mur, ou la rambarde, ça ne fait aucun doute. Mais le côté gauche…

– Quoi, le côté gauche ? s'impatiente Woodward. Arrêtez de jouer aux Experts Miami avec mes nerfs, Buchanan.

– Je ne joue pas, Woodward, je ne joue pas, je suppute.

– Eh bien magnez-vous de supputer !

– … Vous voyez, le côté gauche du visage n'a pas de plaies ouvertes ou de forte contusion, mais il a été blessé, lui aussi. Heurté, mais pas par quelque chose de dur et de contondant. Un choc amorti. Comme…

Woodward comprend en même temps que Buchanan.

– … comme un coup de poing avec un gant de boxe, c'est ça ?

– C'est une hypothèse plausible.

– Mais que change-t-elle ?

– Linda n'avait plus besoin d'être poussée pour tomber dans les escaliers. Quelqu'un la met K.O. d'un coup de poing et elle se réveille quelques minutes plus tard, sonnée, avec les gants aux mains. Furieuse, elle se précipite pour descendre régler ses comptes avec son agresseur mais, secouée comme elle est, elle titube et perd l'équilibre en haut des marches.

– Dans ce cas, ce n'est plus un crime. Personne ne l'a poussée.

– C'est vrai, la police conclurait certainement à un décès consécutif à une chute dont seule Linda serait responsable. Mais les mêmes flics chercheraient sans aucun doute à mettre un nom sur le boxeur.

– Dans ce cas de figure, Erwen Edwards n'a plus l'alibi d'avoir été à notre table au moment du drame.

Il peut très bien avoir boxé sa femme et noué les gants à ses mains avant de descendre nous rejoindre.

– Pourquoi pas ? approuve Buchanan. Quand ils ont déballé leurs cadeaux, vous vous souvenez quel gant était le sien ?

– Que voulez-vous dire ?

– Droit ou gauche ?

Woodward ferme les yeux pour se remémorer la scène.

– Droit, j'en suis sûr.

– Dans ce cas, ça se confirme : coup du droit, blessure côté gauche !

– Merde alors ! On fait quoi ?

– Moi, rien. Je ne suis que le légiste. C'est vous qui avez endossé le costume de chef de patrouille. En attendant, le mieux est de monter le corps dans la même chambre froide où repose celui de McFarlane.

Ils s'exécutent. Quand ils referment la porte de ce qu'ils doivent désormais considérer comme une morgue, Buchanan tend sa flasque à Woodward pour une dernière goulée.

– Et si nous retournions dîner ? propose le légiste. J'espère que le Cullen skink est encore chaud !

Les autres les regardent manger, sidérés par leur appétit malgré les circonstances.

– C'est une pure merveille. Vraiment délicieux. Le velouté est crémeux à souhait, et l'aiglefin juste charnu comme il faut, se régale le légiste. Il y a du laurier, n'est-ce pas ?

– Une feuille, Monsieur, comme il se doit ! proclame le majordome au garde-à-vous. Six minutes seulement dans l'eau qui poche le haddock. Et les pommes de terre cuites dans l'eau de cuisson du poisson.

– Évidemment ! C'est bien meilleur que la chaudrée américaine ou que la bisque française.

– Rien à voir, Monsieur. Avec votre permission, Monsieur, je vais aller préparer le service du haggis.

Le majordome quitte la salle, et les autres observent Buchanan et Woodward savourer leur soupe en silence. Seul Erwen Edwards a les yeux rougis de larmes. Pas Eliot. Woodward n'ose pas croiser leurs regards. De toute façon, quand bien même Erwen aurait boxé sa femme Linda, quand bien même il lui aurait passé les gants de boxe aux deux mains, peut-on vraiment considérer ça comme la préméditation d'un crime ? Comment aurait-il pu savoir que Linda chercherait à descendre, qu'elle trébucherait, qu'elle se tordrait la cheville et qu'elle tomberait dans l'escalier ? Et que faisait-elle en chemise de nuit ? Étant donné ce qu'Erwen lui a confessé, et ce qu'Eliot lui-même a raconté à Betty, il ne se sent pas le courage d'aller demander des comptes à Edwards. Après tout, il n'est ni flic ni même le chef de patrouille de ce groupe d'échoués en pleine tempête, comme l'a insinué Buchanan. Chacun sa mère, comme disait son père.

Il regrette que le Cullen skink ne soit qu'une entrée. Erwen remarque son regard désespéré courir sur la table et pousse sa part vers lui. Woodward le remercie d'un grognement gêné et plonge son nez dans son assiette quand le majordome revient, l'air plus compassé que jamais.

– Puis-je me permettre d'interrompre Monsieur ?

Woodward lève les yeux sans cesser de savourer la soupe d'Edwards déjà tiède.

– Interrompez, Archie, interrompez, soupire-t-il.

– Puis-je me permettre d'inviter Monsieur à me suivre en cuisine ?

– Quoi, Archie, un problème avec le haggis ?

– Oui, Monsieur, en quelque sorte.

– Là tout de suite, sans prendre le temps de terminer mon Cullen skink ?

– J'ai bien peur que ce soit préférable, Monsieur.

Woodward s'y résout et abandonne à regret son assiette.

– Si Monsieur veut bien me permettre de le précéder.

– Je vous suis, Archie.

Betty regarde Woodward quitter la table.

– Comment fait-il pour parler Cullen skink et haggis alors que deux personnes viennent de mourir en moins d'une heure ?

– C'est un homme, lâche Melinda Artwell pour toute explication. Un gros mammifère qui se cramponne à son rôle de mâle alpha pour ne pas céder à la peur et à la panique qui lui rongent les sangs.

– Vous croyez vraiment qu'il ressent quand même quelque chose ?

– Oui. Le besoin de tenir la meute, de servir d'exemple, de prendre la tête pour éviter que les autres ne la perdent.

– Seigneur Dieu ! soupire Betty.

Melinda Artwell rapproche sa chaise et passe un bras sur les épaules de Betty Coolridge qu'elle devine au bord des larmes.

– Regardez Edwards, il n'a pas peur de pleurer, lui…

– Lui vient de perdre sa femme, c'est différent, il a besoin d'afficher un chagrin social. Il est dans son rôle de mâle dominé qui a renoncé à toute prérogative. Il n'est pas un alpha. Il ne joue que sa propre survie, pas celle du groupe.

– Oui, c'est vrai, c'est un faible, ça se voit.

– Je n'ai pas dit ça. Un mâle alpha, ça peut présumer de sa force et perdre sa vie dans un combat mal apprécié. Les mâles comme Edwards ne perdront jamais la leur dans des combats qu'ils ne mènent jamais. Ils se contentent d'une vie ou d'une femelle que les « alpha » ne leur disputent pas. Ils se contentent d'être le petit chef de leur petit clan à l'abri de la meute.

Un mot, quelque part, ou une image, provoque un remous de sanglots dans la gorge de Betty Coolridge. Elle s'abandonne à ses pleurs qui jaillissent en soubresauts. Melinda Artwell la retient contre son épaule et la laisse se vider de ses peurs et de son chagrin. Quelques minutes plus tard, Betty émerge à nouveau, renifle, essuie ses larmes, redresse ses épaules. Son intérêt a changé quand elle se penche à l'oreille de Melinda Artwell.

– Meli, comment faites-vous avec les hommes ?

– Que voulez-vous savoir, Betty ?

– Eh bien… vous et moi sommes un peu dans la même situation, non ? Vous êtes leur maîtresse et moi je suis celle de Woodward, vous l'avez deviné, non ?

– Betty, pas besoin de le deviner, c'est évident comme les oreilles du Roi. Par contre, vous n'êtes pas sa maîtresse.

– Ah non ? Il vous l'a dit ? Qu'est-ce que je suis pour lui, alors ?

– Il ne m'a rien dit, rassurez-vous, Betty, et ce que vous êtes n'a rien à voir avec lui. C'est vous qui en décidez. Ou pas.

– Je ne comprends pas…

– Dans la plupart des cas, pour ne pas dire toujours, les hommes ne font que profiter de situations que nous créons. Vous par exemple, Betty, vous désirez être en fait « l'autre » femme de Woodward. Proche de lui comme une seconde épouse. Sa moitié idéale, détachée de toute contrainte quotidienne. Et en même temps, vous faites de lui votre second mari, idéal lui aussi, parce que vous ne lui demandez de ne partager avec vous que l'amour, sans les emmerdes, si je puis dire…

– Vous croyez ? doute Betty Coolridge.

– Betty, vous vivez écartelée entre deux demi-mariages…

– C'est tout ? Je ne suis donc qu'une demi-femme pour Woodward ?

– Non, Betty, non, et c'est là le pire. Les demi-mariages, c'est la situation que vous avez créée pour vous et dans laquelle vous vous embrouillez, mais pour Woodward, vous n'êtes probablement qu'une maîtresse, sans aucune embrouille pour lui.

– Vous voulez dire qu'il ne m'aime pas ?

– Il vous aime quand il a besoin de vous. Il vous aime quand vous êtes ensemble. Il vous aime quand vous vous rendez disponible, quand vous lui donnez ce que sa femme ne lui donne plus. Mais c'est tout.

– Rien de plus ?

– Betty, c'est vous qui mettez dans cette relation plus que ce qu'elle peut vous offrir. Les maîtresses finissent en épouses trompées de seconde main, ou en femmes oubliées.

Betty se redresse et se dégage un peu de l'emprise de Melinda Artwell.

– C'est un peu beaucoup cynique, quand même…

– C'est la vie.

– C'est la vôtre ?

– Non. Moi, je suis une maîtresse tarifée. Ma relation est sans ambiguïté. Le plaisir, rien que le plaisir, tout le plaisir. Je le jure. Amen. Rien de plus.

Betty retrouve son sourire et prend les mains de Melinda Artwell dans les siennes.

– Je vous envie, même si je ne comprends toujours pas comment vous faites.

– Je ne les vois que pour la chose et je ne me réveille jamais dans leur lit. Je refuse tout ce qui pourrait m'engluer dans leur quotidien. Je leur appartiens une heure ou deux, mais ce sont eux qui passent dans ma vie, pas le contraire.

– Si j'avais su… murmure Betty.

– Si vous aviez su, vous n'auriez rien changé, Betty. Vous n'êtes peut-être qu'une maîtresse pour

Woodward, mais avouez que pour vous, vous êtes son amoureuse, non ?

– Oui, rougit Betty Coolridge comme une gamine honteuse et fière à la fois d'être prise en faute. C'est vrai que je l'aime, mon Woodward.

Elles se sourient, s'étreignent, se séparent d'une bise sur la joue, et s'intéressent soudain à leur assiette. Il est temps de reprendre le dessus et quelques forces avec le haggis qui semble délicieux.

Woodward est surpris du nombre de portes et de corridors qui se cachent derrière des portes qu'il n'avait pas soupçonnées. La dernière donne sur un court escalier qui plonge dans les sous-sols. Ils s'y engagent dans un passage souterrain embaumé de fumets délicieux. Après un coude serré sur la droite, ils débouchent dans une immense cuisine parfaitement équipée où le personnel aligné les attend.

– Allez desservir, ordonne le majordome, et servez aussitôt le haggis. Et réservez au chaud le Cullen skink de monsieur Woodward.

– Je croyais que le problème venait du haggis, Archie.

– Pas vraiment, Monsieur, c'est juste que j'ai pris sur moi d'user de ce subterfuge pour ne pas alerter vos convives.

– Archie, ce ne sont pas mes convives. J'ai échoué dans cet endroit sinistre comme eux, à cause de la tempête.

– Monsieur est trop modeste, le complimente le majordome. Il ne fait aucun doute que tous reconnaissent votre autorité.

Cette fois, Woodward s'impatiente et presse Archibald de lui dire pour quelle raison il se retrouve dans les cuisines, si ce n'est pas pour le haggis.

– C'est pour le monte-charge, Monsieur.

– Le monte-charge ?

– Oui, le monte-charge, Monsieur. Il est bloqué.

Woodward s'arrête et attend que le majordome en fasse de même. Quand il se retourne vers lui, Woodward lui désigne la vaste cuisine d'un large mouvement du bras.

– Archie, là-haut la tempête a amassé deux mètres de neige et si je vois bien, vous avez ici tout ce qu'il faut pour préparer le dîner. En quoi avez-vous besoin d'un monte-charge ?

– En rien, Monsieur, il est vrai.

– Dans ce cas, Archie, pouvez-vous m'expliquer précisément ce que je fais ici avant que la colère ne me pousse à commettre l'irréparable ?

– Précisément, Monsieur.

– Précisément quoi, Archie ? s'emporte Woodward.

– L'irréparable, Monsieur…

D'un geste, il signifie à Woodward de le précéder dans un recoin de la cuisine masqué par une cloison.

– Par saint Regulus ! jure Woodward.

McKay, la langue bleue gonflée hors de la bouche et l'entrejambe de son pantalon mouillé, tendu par ce qu'on devine une turgescente bandaison, pend, les pieds loin du sol, le cou cassé par la cravate en cuir noir qu'il a reçue en cadeau, qui l'étrangle et le retient à la plateforme du monte-charge bloquée entre deux étages.

– La cravate se sera prise dans la plateforme à travers la grille et l'aura soulevé au point de le pendre, explique le majordome, d'une voix sans émotion, comme s'il lisait une notice d'assemblage de meuble suédois. Je me permets de faire remarquer à Monsieur qu'il aura fallu une cravate d'un cuir d'une solidité exceptionnelle pour…

– Archie, je me fiche du cuir de la cravate. Vous ne voyez donc pas que la seule chose à comprendre, c'est comment elle a pu se prendre dans le mécanisme ?

– Possiblement par inadvertance, Monsieur, ou par volonté suicidaire, pourquoi pas ?

– Arrêtez vos conneries, Archie, McKay est dos au monte-charge. Vous croyez qu'il a décidé de se pendre en jetant sa cravate par-dessus son épaule et en espérant qu'elle se prenne toute seule dans le mécanisme dans son dos ?

– Non, effectivement, Monsieur, à la réflexion, cette hypothèse résiste mal à l'analyse.

– Alors, arrêtez d'analyser et aidez-moi à décrocher ce pauvre McKay de là.

– C'est impossible, Monsieur, les règles d'hygiène de Sackmann Gourmet Traiteur sont strictes. Je ne peux en aucun cas toucher un cadavre d'une quelconque espèce pendant le service.

– Écoute-moi bien, Archie, continue comme ça, et question espèce, j'en connais une qui va disparaître vite fait de la planète.

– Je comprends votre désarroi, Monsieur, mais nous sommes Sackmann Gourmet Traiteur.

Woodward, atterré, regarde le majordome se figer dans une posture outrée. Il décide que laisser exploser sa colère ne ferait qu'ajouter un quatrième cadavre à la liste et lui attirer les pires ennuis si, par chance, il se sortait vivant de ce cauchemar.

– Très bien, Archie, je te donne deux minutes pour me ramener ici monsieur Buchanan sans alerter les autres. Deux minutes.

– Bien, Monsieur, lâche l'obséquieux larbin en s'éloignant du pas mesuré d'un soldat de la garde royale du palais de Buckingham.

Quand il entend courir dans le souterrain, Woodward se doute bien que ce n'est pas le majordome qui revient.

– Par saint Luc, saint Côme et saint Damien ! murmure Buchanan en découvrant le corps suspendu de McKay.

Woodward n'a rien besoin de lui dire. Il se met aussitôt à observer le corps en énumérant ses remarques.

– Pendu bleu… Visage pâle… Cyanose au niveau des lèvres et des oreilles… Ecchymoses sous-conjonctivales… Sillon creux en « V » inversé, en rigole, parcheminé et blanchâtre… Projection de la langue hors de la bouche… Érection avec éjaculation… Pas de doute, ce con prétentieux s'est bien pendu.

– Quoi, vous vous fichez de moi ? Tout ça pour ça, Buchanan ? C'est évident que c'est une pendaison.

– Ah oui ? Vous voulez savoir combien de types je déclare pendus après leur mort chaque année ? Un grand classique : je t'étrangle puis je te pends.

– Donc là, il s'est bien pendu, alors ?

– Non. Il *est* pendu, mais sûrement pas par lui.

– Oui, je suis déjà arrivé à cette même conclusion que ce n'est sûrement pas un suicide. Je suppose que nous en aurons la preuve après l'avoir décroché.

– Oui, mais je dois prendre des photos du corps et des lieux avant.

Woodward le laisse faire puis propose de trancher le lien pour dégager le corps, mais Buchanan l'en empêche. Il explique qu'il faut couper le plus loin possible du nœud et laisser le lien autour du cou pour l'enquête. Mais le monte-charge a soulevé le corps de McKay jusqu'au plafond où la cravate disparaît. Ils trouvent le mécanisme de secours et font redescendre manuellement la plateforme. Quand le corps flasque de McKay s'affaisse au sol, ils le dégagent selon les instructions de Buchanan.

– Et qu'est-ce qu'on en fait, maintenant ?

– On trouve un moyen de le porter discrètement dans la même chambre que les autres, dit Woodward, et on ne dit rien aux autres. Pas la peine de semer la panique.

– Vous plaisantez, trois morts en quelques heures à peine, vous ne croyez pas que nous avons toutes les raisons de paniquer ?

– Buchanan, votre univers, c'est une morgue silencieuse avec des types qui ne crient plus, qui ne hurlent plus, qui ne courent plus partout. Vous n'avez aucune idée de ce qu'est une vraie panique avec une bande d'hystériques qui ont perdu la tête. Alors, faisons comme je dis. On y retourne, j'invente une belle excuse pour justifier notre absence, et après dîner, trouvons un instant pour nous isoler et faire le point sur la situation.

Le légiste s'y résout à contrecœur. Ils regagnent la salle à manger où les autres sont repus du haggis délicieux, sous la flegmatique attention d'Archie et de son personnel.

– Par saint Andrew, Woodward, que faisiez-vous ? Vous avez manqué le plus délicieux des haggis !

– Désolé, l'aide-cuisinier chargé de la garde au chaud des plats a fait une crise d'angoisse aiguë. La tempête, les bientôt deux mètres de neige dehors, les retards dans le service, le pauvre garçon n'y a pas résisté.

– Et pourquoi Buchanan ? demande la jumelle suspicieuse.

– Parce que moi je sais comment garder un haggis au chaud, mais que seul un médecin sait gérer une crise d'angoisse.

– Ce n'est jamais qu'une grosse trouille sans raison.

– Non, Mademoiselle, répond Buchanan. Une crise d'angoisse, c'est une peur soudaine et intense accompagnée d'essoufflements allant jusqu'au vertige et l'impossibilité de se lever ou de marcher, de nausées et de vomissements, et souvent d'une agoraphobie et d'une peur panique de rester dans un lieu qu'on ressent irrationnellement comme dangereux.

– Oui, c'est ça, une frousse d'enfer, s'entête la jumelle.

– Si vous appelez devenir fou, perdre le contrôle de soi, ne plus savoir qui on est ni où on est, être oppressé au point de sentir son cœur monter à plus de 150 battements par minute et sentir vos jambes se dérober au moindre mouvement, si vous appelez tout ça avoir une frousse d'enfer, alors oui, cette pauvre personne était victime d'une violente, d'une très violente frousse d'enfer.

La jumelle n'ose rien répondre à cette tirade, et c'est son jumeau qui prend sa défense avec ironie.

– Eh bien cette personne a dû faire une sacrée connerie pour se choper une telle peur !

– Ça, mon garçon, tu ne pourras jamais le comprendre. Je ne suis peut-être pas capable de soigner une crise d'angoisse aiguë, mais je sais à quoi elle est souvent due.

– Et pourquoi serais-je incapable d'en comprendre la cause ?

– Parce que ça arrive le plus souvent à des gens qui font le maximum, voire plus que le maximum, pour que tout aille bien. Ces crises frappent des personnes trop consciencieuses, trop dévouées, trop appliquées et sont déclenchées par la peur soudaine de l'échec.

– Mais pourquoi cela vous a-t-il pris autant de temps ? s'inquiète Melinda. Vous êtes restés près de trois quarts d'heure dans ces cuisines.

– Les crises d'angoisse aiguë, comme leur nom l'indique, viennent par crise, mais entre deux crises, le malade vit d'autres troubles de panique. Pour faire simple, l'angoisse de subir une autre crise empêche de bien se remettre de la précédente et favorise le déclenchement de la suivante. Il faut savoir prendre son temps avec la victime.

Le majordome en profite pour intervenir le plus cérémonieusement du monde.

– En mon nom personnel, Messieurs, et au nom de notre brigade tout entière, je me permets de vous adresser nos plus sincères remerciements pour votre solidaire et efficace dévotion envers notre pauvre préposé au garder chaud.

Woodward et Buchanan se regardent, puis regardent le majordome au garde-à-vous. Archie aurait donc l'esprit assez vif pour confirmer, de sa propre initiative, le faux alibi permettant de cacher aux autres la mort de McKay ?

– De rien, Archie, c'était la moindre des choses…

– Dans ce cas, Monsieur, puis-je me permettre de desservir ? Je suis sûr que notre préposé spécial au garder chaud se fera un devoir de veiller à ce que vos haggis vous reviennent à bonne température.

Woodward et Buchanan se dévisagent à nouveau, hésitant à reconnaître dans le regard fixe du majordome, juste au coin de l'œil, une pointe de complice ironie.

– Est-ce que Monsieur désire que nous réchauffions aussi l'assiette de l'autre monsieur ?

Il ne fait plus aucun doute pour Woodward que le majordome s'amuse d'eux.

– Oui, je vous en prie, gardez aussi au chaud le haggis de monsieur McKay, dit Betty Coolridge, il ne devrait pas tarder à revenir. Où est-il, James, l'avez-vous croisé aux cuisines ?

– Non, il n'y était pas, mais il y a suffisamment de mitrons mignons et de servantes tentantes pour qu'il ait trouvé moyen d'aller conter fleurette à quelqu'un quelque part dans le secret d'une pièce insoupçonnée de ce manoir.

– Pourtant, je ne me souviens pas d'avoir vu d'autre personnel dans cette cuisine que le majordome et ceux qui nous servent, s'étonne Melinda Artwell.

– Je pensais que vous aviez abandonné McKay à l'entrée du passage souterrain ? s'étonne à son tour Woodward.

– Non, je l'ai abandonné à mi-chemin. Mais c'est vrai que je n'ai fait qu'apercevoir les cuisines de loin… sourit-elle, en se repliant en bon ordre, consciente de sa bourde.

À nouveau, Woodward et Buchanan échangent un regard, et Melinda Artwell est sauvée par l'arrivée du rosbif. La viande, cuite à souhait, est un régal. Cinquante-cinq degrés au cœur, a précisé le majordome. Les jumeaux lui demandent d'en rapporter deux épaisses tranches en cuisine. Ils préfèrent la viande cuite. Bien cuite. « Semelle » dit la jumelle, et Woodward fait signe des yeux au majordome de ne pas se formaliser. La garniture est « écossaise », décide Buchanan : à la fois robuste et raffinée. Le majordome confirme que la crème en a « évidemment » été enrichie des sucs de la viande déglacée au Bunnahabhain.

– Du whisky à 5 000 livres la bouteille ? s'étonne Erwen Edwards.

– Comptez plutôt 6 000, précise Buchanan, n'est-ce pas Archibald ?

– L'argent ne compte pas, Monsieur, seule importe l'harmonie des saveurs et la puissance du single malt d'Islay vieilli en fût de sherry, Monsieur.

– Évidemment, Archie ! s'amuse Woodward.

Quand le majordome a ramené son personnel à la cuisine, Woodward fait le tour de la table du regard. Melinda Artwell, bien droite sur sa chaise, déguste avec élégance, de la pointe de sa fourchette.

Betty y met moins d'élégance, mais plus de cœur. C'est une femme gourmande, de cœur et de corps, et qui ne sait résister longtemps aux délices des tentations, de la chère comme de la chair. Melinda est affriolante, Betty est appétissante. La première est séduisante, l'autre est réjouissante. Désirables toutes les deux, bien entendu.

De Buchanan, Woodward ne sait pas trop quoi penser. Il se demande même de quelle façon un homme comme lui regarde des femmes comme Melinda et Betty, lui qui passe sa vie à en découper sur sa table d'autopsie. Une blague lui revient à l'esprit. Une mauvaise blague. Une très mauvaise blague…

– C'est l'histoire d'un type qui s'offusque et dit à un autre : John, mais enfin, comment as-tu pu faire une chose pareille ? Quoi, Henry, s'étonne le John en question, qu'est-ce que j'ai fait ? Mais enfin, John, comment as-tu pu baiser cette femme ? Comment as-tu pu faire ça, putain, John ! Attends, Henry, se défend John, elle était là, toute nue, allongée devant moi, sans rien dire, qu'est-ce que j'étais supposé faire, Henry ?

– L'autopsie, John, l'autopsie ! conclut Buchanan à la place de Woodward.

Melinda maîtrise un sourire. Betty ne se retient pas de rire. Les jumeaux lèvent les yeux au ciel et Buchanan savoure sa viande comme si de rien n'était.

– Évidemment, j'aurais dû me douter que vous la connaissiez, s'excuse Woodward en replongeant dans son assiette.

Comme Buchanan ne répond pas, tous reprennent en silence leur dégustation pendant de longues minutes. Woodward et Betty échangent des sourires rieurs, puis ne s'intéressent plus qu'à leur assiette, comme les autres.

– Vous connaissez la différence entre un nécrophile et un homme qui se baigne dans le loch Lomond ? demande soudain la jumelle.

– Oh non, pas celle-là, je vous en prie ! implore Buchanan.

– Si si, j'adore les bonnes blagues ! réclame Betty.

– Celle-ci n'est vraiment pas bonne du tout, je vous l'assure.

– Quoi, pas bonne ? Si vous la connaissez, avouez qu'elle complète parfaitement celle que monsieur Woodward vient de raconter, non ? s'offusque la jumelle.

– Laissez-la donc raconter sa blague, doc, pour une fois que les jumeaux prennent part à une de nos conversations ! Alors Ainsley, c'est quoi cette différence ? s'intéresse Woodward en enfournant une bouchée de champignons.

– Il n'y en a pas, lâche la jumelle.

– Bon, d'accord, et pourquoi ? répond Woodward bien décidé à jouer le jeu.

– Parce que tous les deux disent la même chose : « Quand on entre, elle est froide, mais une fois dedans, elle est bonne ! »

Woodward explose de rire et pulvérise la table entière d'un mouchetis de champignons à la crème. Tous s'écartent, et les jumeaux bondissent derrière leur chaise, traitant Woodward de gros dégueulasse. Lui essuie sa bouche de plusieurs allers-retours de serviette et s'excuse auprès de Melinda et de Betty qui s'inquiètent de leur tenue.

– Si Monsieur le permet, dit le majordome que personne n'a entendu revenir, je peux prendre sa veste pour la détacher en cuisine. Je n'ose le proposer à ces dames. Si leur robe ou leur corsage en ont besoin, il faudrait qu'elles me suivent en cuisine pour que notre serveuse s'en occupe.

– Je vous suis, accepte aussitôt Melinda Artwell, ça me donnera l'occasion de prendre des nouvelles de McKay.

Elle disparaît pendant que les autres terminent leur viande.

– Je vous l'avais dit, bougonne Buchanan, elle est de très mauvais goût. Je ne comprends vraiment pas qu'on puisse en rire.

– Libre à vous de répliquer, répond Woodward, vous devez sûrement en connaître de bonnes à propos des jumeaux.

– J'en connais, mais pas des blagues. Des dictons de sagesse populaire.

– Par exemple ?

– *Les emmerdes, c'est comme les jumeaux, ça ne vient jamais seul.* Si vous voyez ce que je veux dire.

– Alors ça, c'est vraiment très, très, drôle ! se moque Kyle le jumeau.

– Si tu connais mieux, ne te gêne pas.

– Plus drôle, non, mais plus de circonstance, oui : *Le sommeil et la mort sont jumeaux.* Pensez-y quand vous irez vous coucher ce soir, dans ce sinistre manoir où les portes ne ferment pas.

Woodward se dresse en basculant sa chaise et s'appuie des deux mains sur la table. Betty cesse de rire. Buchanan lève les yeux.

– Qu'est-ce que ça veut dire, garçon, ça sonne un peu comme une menace, ça, non ?

– C'est juste une citation, lâche le jumeau, coudes sur la table et nez dans son assiette, en échangeant un regard complice avec sa sœur. C'est de Homère.

– Tiens donc, tu lis Homère, toi ?

Le jumeau se lève à son tour, les désigne d'un geste théâtral du bras, et déclame :

– *Leur sort à tous est sur le tranchant du rasoir. Iliade*, X, 176.

– Ce n'est pas parce que tu cites l'*Iliade* comme on cite la Bible que tu vas t'en tirer, mon garçon. Encore un sous-entendu qui me déplaît beaucoup.

– Quoi, vous ne trouvez pas ces citations appropriées ? Mais regardez où nous en sommes rendus : nous avons commencé ce dîner à neuf. L'ex-flic s'est fait descendre, la mégère s'est cassé la gueule, le gastro a disparu, et maintenant l'escort… Vous ne trouvez pas que nos vies se retrouvent en équilibre précaire depuis que nous nous sommes réfugiés dans ce manoir ?

– Deux accidents, et deux autres personnes qui ont peut-être simplement fui votre mauvaise compagnie : c'est un peu juste pour s'imaginer dans un roman de Stephen King, vous ne croyez pas ?

– James, je trouve qu'il a quand même un peu raison, non ? avance Betty.

– Raison sur quoi ? McFarlane a été tué sous nos yeux à tous, d'une balle perdue qu'il a eu la négligence de laisser dans le canon de son arme, et la pauvre madame Edwards est tombée de l'escalier toute seule alors que nous étions tous à table.

– Oui, mais les autres, James ?

– Quoi, les autres, Betty ? McKay est un obsédé de la braguette qui a dû tomber sur une bonne occase du côté des cuisines, et Artwell est une poule de luxe qui doit compenser un rendez-vous manqué à 2000 livres. Qu'y a-t-il d'effrayant là-dedans ?

– Si rien ne vous effraie, Monsieur Woodward, pourquoi gardez-vous l'arme avec vous ?

– Pour éviter un nouvel accident, mon garçon, tout simplement !

– Ah oui ? Pourquoi avez-vous enclenché le chargeur, alors ?

– Tu as fait ça, James ? s'inquiète Betty. Tu as chargé le pistolet ? Tu as peur de quelque chose, toi aussi ? Hein, dis-moi, James, tu as peur ? Il y a des raisons d'avoir peur ?

– Mais non, Betty, calme-toi, je t'en prie, ce ne sont que des élucubrations de petits cons de trublions. Tu n'as aucune raison d'avoir peur !

– Oh que si, Betty, tu devrais, tu devrais ! Que penses-tu qu'il va t'arriver, dans ce manoir maudit bloqué par deux mètres de neige ?

Woodward se tourne vers les jumeaux, furieux.

– Ça vous amuse de faire peur aux gens, hein ? Avec vos tronçonneuses et vos délires à la con ? N'oubliez pas que c'est à cause de vous que le gamin a tiré, alors posez-vous plutôt la bonne question : qui sont les vrais responsables de tout ça ?

– Erreur, Votre Honneur, lance Ainsley qui se lève comme une avocate de la défense dans une série américaine. La question qu'il faut vous poser, c'est : qui sera le prochain ?

Woodward envoie valser sa chaise et se précipite sur les jumeaux qui décanillent comme deux corbeaux moqueurs. Buchanan le retient de leur courir après jusque dans le hall où on les entend grimper les escaliers en riant.

– Laissez tomber, Woodward, ce ne sont que des mômes de rien, génération Harry Potter option famille Addams.

Woodward va se dégager de l'étreinte du légiste quand la voix du majordome retentit.

– Je vous en prie, Mademoiselle Artwell, ça me désoblige, laissez-moi faire, s'il vous plaît.

Les deux hommes se retournent et Melinda Artwell entre dans la salle à manger, porteuse d'un magnifique plateau de fromages, et poursuivie par le majordome outré.

– Je vous en prie, Mademoiselle Artwell, je vous en prie…

Il marche à ses côtés, en crabe, toute dignité perdue, à tenter de lui reprendre le plateau des mains. Buchanan profite de la diversion pour ramener l'attention de Woodward sur l'état de Betty. Il la devine aussitôt figée d'angoisse, au bord de la panique, les larmes aux yeux.

– Betty chérie, regarde, tu vois, Melinda est là, elle n'a pas disparu. Oublie ces deux idiots et viens plutôt te régaler, regarde ce magnifique plateau de fromages.

Le majordome a réussi à prendre le plateau des mains de Melinda Artwell. Il retrouve toute la rigueur et la prestance hautaine de sa fonction, quoiqu'un peu essoufflé au moment de l'annonce.

– Cheddar puissant des îles de Bute, Arran, Gigha et Orkney. Crowdie aigre-doux de Blarliath selon la recette originale des Vikings introduite au VIIIe siècle. Caboc mi-dur à la crème de lait roulé et maturé dans sa farine d'avoine grillée. Lanark bleu de Ogcastle au lait de brebis non pasteurisé. Dunsyre bleu épicé au lait de vache des Pentland Hills. Et Isle of Mull de l'île de Mull maturé douze mois dans la distillerie de Tobermory…

Woodward et Buchanan reviennent à la table. Erwen Edwards et son fils Eliot n'ont pas bougé. Betty non plus, et Woodward s'en inquiète. Elle ne quitte pas des yeux Melinda Artwell qui retrouve sa place, elle aussi. Le retour de l'escort girl ne semble pas la rassurer vraiment.

– Où sont passés les jumeaux ? demande Melinda Artwell.

– Partis dans les étages, grogne Woodward.

– Une de revenue, deux de disparus… murmure Betty.

– Arrête ça, chérie, je t'en prie, ces deux petits cons n'ont pas disparu. Ils se sont justes débinés pour éviter les torgnoles qu'ils méritent.

– Des torgnoles ? s'intéresse Melinda Artwell. Pourquoi mériteraient-ils des torgnoles ?

Les adultes tardent à répondre, et le petit Eliot en profite.

– Ils disent qu'on va tous mourir et que toi et monsieur McKay vous êtes déjà morts !

Erwen Edwards rappelle son fils à l'ordre, mais Melinda le coupe.

– Je suis juste morte de faim, Eliot, rien de plus, et ces délicieux fromages vont très vite remédier à ça.

La serveuse dépose un petit panier de pains écossais devant chacun et Eliot se précipite sur les bannocks encore tièdes en réclamant du beurre.

– Eliot, tu sais bien que maman…

Erwen Edwards suspend sa phrase et ses yeux se mouillent de larmes. Melinda se penche vers le gamin, mais le majordome la devance.

– Beurre organique cent pour cent lait d'Écosse légèrement salé au sel de l'île de Skye.

Melinda ouvre en deux un des bannocks et le tartine généreusement de beurre. Eliot lui adresse un large sourire de bonheur gourmand et croque dedans à pleines dents. Depuis combien de temps sa mère empêchait-elle ce gamin de se faire des tartines beurrées ?

– En France, dit-elle, les petits garçons trempent des tartines beurrées dans leur café au lait au petit-déjeuner.

– C'est vrai ? s'étonne le gamin. Et c'est vrai aussi qu'ils mangent des grenouilles ?

– C'est vrai aussi.

– C'est dégueulasse ! lâche Eliot d'une moue écœurée.

– Eliot ! le rabroue Edwards.

– Mais c'est vrai que manger des grenouilles c'est dégueulasse, papa !

– Eliot !

– Tu en as mangé, toi, des grenouilles dégueulasses ? demande le gamin à Melinda Artwell sans s'occuper de son père.

– Oui, pas plus tard qu'au Noël de l'an dernier, à Paris.

Elle se sert une part généreuse de chaque fromage et en coupe un petit bout pour Eliot.

– Tu devrais goûter ça avec ton pain beurré, c'est délicieux.

– Le fromage, c'est dégueulasse !

– Eliot, c'est la dernière fois, au prochain gros mot je te…

– Laissez-le, Erwen, plaide Melinda Artwell, la soirée a été assez dure comme ça pour lui.

À nouveau, le majordome arrive au bon moment pour empêcher Erwen Edwards de répondre.

– Madame, dit-il à l'adresse de Melinda Artwell en présentant la bouteille : Penfolds, Magill Estate Shiraz 2015, Adelaide Hills, Australie du Sud.

Elle lève son verre dans la lumière, le tourne, observe les marques que laisse le vin, le porte à son nez, puis le goûte, le savoure en bouche, et approuve d'un signe de la tête. Le majordome la sert, récupérant la dernière goutte d'un geste élégant, puis verse du vin à chacun. Seule Betty refuse en couvrant son verre de sa main. Woodward se rend compte qu'elle n'a pas quitté Melinda Artwell des yeux depuis que l'escort est revenue à table. Il sait qu'elle n'est pas bien. Qu'elle lutte contre quelque chose en elle et il sait ce que c'est. Une peur, une angoisse, un trouble incontrôlable qui enfle. Puissant comme une phobie. Profond comme un effroi. Violent comme une panique. Il connaît Betty. Il l'aime. Enfin, il aime l'aimer. Elle, il l'aime bien, et il l'a déjà vue, quelques fois, céder à des frayeurs inexpliquées. Des angoisses sans fond. De sa vie, de son âge, de son corps. Un désarroi total, une inexplicable épouvante qui la précipitent dans ses bras comme on se jette contre un mur. Et c'est cet ouragan de terreur, ce tsunami de démence qu'il sent monter en elle. Quelque chose qui ne pourra qu'exploser et dont lui seul sait la vider dans la violence tectonique d'abandons suicidaires. Des amours insondables dont elle émerge pantelante, défaite, détruite et si profondément reconnaissante envers lui de l'avoir sauvée qu'ils génèrent d'autres ivresses amoureuses, douces et aimantes, au bord de larmes inattendues.

– Il faudrait la sédater, murmure Buchanan à l'oreille de Woodward.

– Ne vous avisez pas d'intervenir, murmure en retour Woodward, les lèvres cachées derrière sa serviette. N'allez surtout pas bouger le moindre caillou qui peut faire céder la digue.

– Caillou ou pas, cette digue va céder…

– Bon Dieu, fermez-la, Buchanan, vous ne voyez pas qu'elle devine que nous parlons d'elle ? Reprenez plutôt du fromage. Le Isle of Mull est délicieux.

Buchanan va répondre quand il comprend que Woodward a raison. Depuis l'autre côté de la table, Betty le fixe d'un regard terrifiant, à la fois vide et fou.

– Et McKay, alors ? Il est où, McKay ? Si cette pute est revenue, dit-elle en désignant Melinda Artwell du menton, lui est bien toujours porté disparu, non ? Il est où ? Il est mort, lui aussi ? Vous l'avez caché quelque part ? C'est vous qui les tuez tous, Buchanan ? C'est ça ? Ou alors c'est toi, James ? C'est ça, Buchanan, la pute et toi, vous avez décidé de nous tuer tous un par un, avoue-le !

Melinda Artwell est sidérée par le changement de comportement de Betty à son égard. Quelques secondes plus tôt, elle était son modèle de vie, et voilà qu'à présent, elle n'était plus qu'une pute assassine.

– Betty chérie, je t'en prie, comment peux-tu dire…

– Alors c'est bien vous ! C'est ça, c'est vous ! Mais vous ne m'aurez pas. Pas moi, vous m'entendez, pas moi !

Elle se lève et renverse sa chaise, saisit à pleine main le Lanark bleu et le Crowdie de Blarliath, les emballe dans sa serviette avec une poignée de bannocks, attrape la bouteille de Magill Estate Shiraz 2015, et s'enfuit en courant vers le hall et les escaliers qui mènent aux chambres.

Woodward se lève pour la rattraper, mais Buchanan le retient.

– Il n'y a rien que vous puissiez faire en l'état, Woodward. Laissez-la se calmer. La panique va l'épuiser, et le vin aidant, elle va peut-être s'endormir. C'est ce qui peut lui arriver de mieux.

Woodward hésite, regarde vers le hall, écoute les pas de Betty claquer sur le marbre de l'escalier, puis se résigne. Il se rassied et frotte son visage soudain fatigué dans ses mains grandes ouvertes. Buchanan a raison. Betty va pleurer jusqu'à s'en épuiser. Il a déjà connu ça. Des retrouvailles furtives et prometteuses de coïts festifs et, pour un geste maladroit, un mot de travers, une phrase partie en biais, des pleurs d'un après-midi tout entier, de toute une soirée, qui la vidaient de toute vie et la laissaient, épuisée, meurtrie, ailleurs pour de longs retours silencieux vers leurs vies respectives.

– Ces messieurs-dames en ont-ils fini avec le fromage ? demande le majordome d'un ton étranger au malaise ambiant. Puis-je desservir ?

– Archie, laissez tomber tout votre tralala et votre obséquiosité de croque-mort, vous voulez bien ? Remballez tout ça aux cuisines et disparaissez. Fichez-nous la paix.

– Bien, Monsieur. Dois-je quand même servir l'Ecclefechan Tart, Monsieur ?

Woodward frappe si fort des deux mains sur la table que même le majordome, d'habitude impassible, en sursaute.

– Putain, Archie, qu'est-ce que vous ne comprenez pas dans *fichez-nous la paix* ? Vous n'êtes quand même pas aussi con que l'air que vous vous donnez ? Vous voyez bien ce qui se passe, non ? Dans quel état nous sommes tous après les deux accidents de la soirée ? Vous croyez vraiment que nous avons l'esprit à déguster le dessert ?

– Moi j'aime bien l'Ecclefechan Tart, dit Eliot.

C'est au tour d'Erwen Edwards, qui s'était fait oublier, de réagir avec colère.

– Ferme-la, Eliot !

Le gamin sursaute, se raidit, et ses yeux se mouillent de larmes.

– Tu parles comme maman ! hurle-t-il. Je ne t'aime plus !

Il saute de sa chaise et se jette dans les bras de Melinda Artwell.

– Maintenant, c'est Melinda que je veux comme maman, et j'ai même plus besoin de toi comme papa !

Melinda reste les mains écartées, surprise, le gamin sur ses genoux, agrippé à son cou, sans trop savoir comment réagir. Mais Eliot pose sa petite tête boudeuse contre ses seins, alors elle referme ses bras sur lui et le serre fort contre elle.

– Archibald, dit-elle avec calme, les yeux plantés dans ceux d'Erwen Edwards, desservez s'il vous plaît et apportez deux parts de tarte pour Eliot et moi.

– Chez Sackmann Gourmet Traiteur, Madame, nous la proposons au choix avec une crème glacée au gingembre de Madagascar et à la cannelle de Ceylan, ou au whisky Laphroaig d'Islay et aux raisins golden d'Afrique du Sud.

– Apportez donc un peu de tout, et si vous avez en réserve d'autres sucreries, ne nous en privez pas.

– Bien, Madame, répond le majordome en faisant signe au personnel de desservir.

Il va quitter la salle à manger quand Melinda Artwell le rappelle.

– Et Archibald, pour l'amour du ciel, trouvez-nous des papillotes de Noël, avez-vous perdu le sens des traditions ?

– Oh oui, des Christmas crackers ! Tu vois, elle y a pensé, elle, dit Eliot en se tournant vers son père qui se rapetisse sur sa chaise.

– Bien sûr que nous avons des crackers, Madame, je vous en fais porter avec l'Ecclefechan Tart.

– Et n'oubliez pas, Archibald, gourmande la tarte, avec toutes les options !

Quand le personnel est sorti, suivi du majordome, un silence pesant s'installe. Woodward et Buchanan, étonnés, regardent Melinda Artwell bercer Eliot, gardant d'une main douce la joue du gamin sur ses seins généreux.

– C'est un peu désobligeant quand même, finit par dire Erwen Edwards sans oser regarder Melinda Artwell.

– Quoi donc ? fait-elle semblant de s'étonner.

– De vous arroger ainsi le rôle de mère d'Eliot.

– Je ne m'arroge rien du tout, Edwards, Eliot est juste venu se jeter dans mes bras, c'est tout.

– Mais vous le bercez comme une mère, quand même…

– Pour être très franche, Edwards, je ne suis pas vraiment sûre que sa mère l'ait souvent bercée comme je le fais.

– Je vous interdis de parler de Linda de cette façon, hurle Edwards, le doigt pointé vers Melinda Artwell. Comment osez-vous, alors que son corps repose dans cette maudite chambre juste au-dessus de nous !

– Calmez-vous, Erwen, intervient Woodward, Melinda ne voulait pas vous offenser. Nous sommes tous un peu sur les nerfs avec ces accidents.

– Oh, vous, coupe Edwards, occupez-vous donc de votre maîtresse hystérique avant de prendre la défense de cette putain. Tout le monde voit bien que vous ne pensez qu'à la sauter depuis le début.

Buchanan doit retenir Woodward, et Melinda Artwell se lève en gardant Eliot dans ses bras.

– Bon, eh bien moi je passe au salon et je vous laisse entre machos avinés.

– Mais on n'attend pas l'Ecclefechan Tart avec les boules de glace ? chigne Eliot.

Melinda Artwell revient sur ses pas et retourne à table.

– Tu as raison, Eliot, c'est plutôt à ces tristes sires d'aller se faire voir au salon.

– Dites donc, c'est quand même mon…

Woodward et Buchanan empoignent Edwards par les bras et l'entraînent vers le salon.

– Fais pas chier, Erwen, allons plutôt nous souler à côté, le gamin est très bien avec elle. Elle ne te le vole pas, elle le console.

Ils quittent la salle à manger au moment où le majordome fait servir les Ecclefechan Tarts. Neuf tartelettes de pâte sablée généreusement garnies. Melinda Artwell se penche pour en humer toutes les senteurs et le gamin l'imite.

– Tu sens, Eliot ?

– Quoi ?

– Les raisins, les Sultana et les blonds… les écorces d'orange et de citron… le sucre roux… le sirop doré !

Eliot ne sent rien, mais fait tout comme. Il imite le sourire gourmand de Melinda Artwell, les yeux clos de plaisir.

– … et les noix aussi… le gingembre et la cannelle… et ça, tu sens ça, Eliot ? Là… c'est le whisky, Eliot, du bon whisky de chez nous. Pas d'Ecclefechan Tart sans whisky, n'est-ce pas Archibald ?

– Bien évidemment, Madame Artwell, celui que nous utilisons est un authentique « The Fechan » distillé à Ecclefechan même. Mais si Madame me le permet, je prétends qu'à mon humble et très respectueux avis, mieux vaut un bon vieux pudding traditionnel que cette tartelette dont la mode ne remonte guère qu'à quinze ans.

– Hum ! Comme je vous comprends, Archibald. Ce plum-pudding qu'il fallait préparer le 25e dimanche après le premier dimanche qui suit la Pentecôte, vous vous souvenez de ça ?

– Ô combien, Madame. Avec treize ingrédients en mémoire du Christ et des douze apôtres…

– Oui, oui ! jubile Melinda Artwell au souvenir de ces traditions. Chaque membre de la famille devait en tourner la pâte tour à tour, d'est en ouest, disait ma mère, même si je n'ai jamais compris pourquoi.

– C'est pour respecter le sens du voyage des rois mages qui sont venus d'Orient rendre hommage à l'Enfant Jésus, Madame.

– Non ? Vraiment ? Et, dites-moi, Archibald, est-ce que votre maman, pendant qu'elle le cuisinait, y glissait quelque chose ?

– Une pièce de un shilling, oui, bien sûr Madame, comme le font les Français avec la fève dans leur galette des Rois. Évidemment.

Pour la première fois de cette irréelle et dramatique soirée, Archibald le majordome trahit dans son regard comme dans sa voix un infime éclat de naturel. Cet homme impassible et compassé aurait donc été un enfant capable de s'extasier d'une pièce de monnaie mordue dans une bouchée de pudding. Melinda saisit son bras et le serre contre elle comme on ferait de celui d'un confident.

– Et dites-moi encore, Archibald, puisque vous parlez des Français, est-ce que votre maman…

– Mais bien sûr Madame, maman préparait le pudding à la cuisine, l'arrosait de rhum, et le portait dans la salle à manger où nous attendions tous qu'elle le flambe pour éteindre la lumière et regarder cette flamme bleue et légère, presque évanescente, qui caressait le gâteau dans l'obscurité…

Toutes les lumières s'éteignent soudain et le manoir est plongé dans l'obscurité. Pendant le moment de stupeur qui suit, Melinda se surprend à espérer une jolie surprise, un rêve d'enfance ressuscité, l'apparition d'une servante portant un pudding flambé de rhum bleu sur un plateau d'argent…

– Si Madame me le permet, je vais aller m'inquiéter de cette panne malencontreuse, dit le majordome qu'elle devine, dans l'obscurité, à nouveau raide et cérémonieux.

Dans la clarté chancelante du feu dans la cheminée du salon apparaissent les ombres de Woodward, Buchanan et Edwards en procession, la flamme d'un briquet dans la main.

– C'est quoi encore ce bordel ? grommelle Woodward.

– Je pense que le compteur a disjoncté, Monsieur, je vais aller vérifier.

– Et si le poids de la neige a fait céder les poteaux électriques ou les câbles et que la panne est générale ? s'inquiète Erwen Edwards.

– Dans ce cas, je recommande à ces messieurs d'allumer un feu dans la cheminée de chaque pièce.

– Archie, tu crois vraiment que ce serait suffisant pour nous éclairer ? Et le hall, et les escaliers, et nos chambres ?

– Je ne pensais pas à la lumière, Monsieur, mais à la chaleur. Si l'électricité est défaillante pour une cause extérieure au manoir, la chaudière va cesser de fonctionner et il faut nous préparer à une nuit particulièrement froide.

– Seigneur Dieu, c'est vraiment une panne générale, s'inquiète Edwards, le regard paniqué tourné vers les fenêtres, regardez, on ne voit plus rien dehors, l'éclairage du jardin s'est éteint lui aussi.

Il s'approche pour essayer de mieux voir, et une autre frayeur éraille sa voix plaintive.

– Oh non, ce n'est pas la nuit, c'est... c'est...

– Merde alors, c'est la neige, termine Woodward qui a suivi Edwards.

Deux mètres de neige. Compacte et solide. Plaquée contre la vitre à l'extérieur. Sur toute la hauteur. Et qui mure la fenêtre tout entière.

– Mais qu'est-ce que ça veut dire ? gémit Erwen Edwards sans pouvoir quitter des yeux ce rempart qu'il imagine large de plusieurs kilomètres. Qu'est-ce que ça veut dire ?

– Ça veut dire qu'il est tombé deux à trois mètres de neige depuis que nous nous sommes réfugiés dans ce fichu manoir, et que Santa Claus a eu fichtrement raison de nous forcer à le faire.

– Quoi ? Nous sommes bloqués dans cette sinistre bâtisse, à subir tous ces événements étranges, avec ces deux terribles accidents mortels, et maintenant ce noir et ce froid qu'il va falloir endurer, et vous appelez ça une chance ?

– Edwards, c'était ça ou mourir de froid asphyxié dans votre Saab comme des sous-mariniers au fond d'un océan de glace.

– J'avais assez de carburant dans mon réservoir pour faire tourner le chauffage jusqu'à l'arrivée des secours.

– Que tu crois, Erwen, que tu crois ! L'an dernier, j'ai entendu à la radio l'histoire de cette pauvre fille prisonnière d'un blizzard à Chicago. Elle a appelé les secours et est restée à les attendre dans sa voiture avec le chauffage.

– Ne me dites pas qu'ils n'ont pas retrouvé sa voiture ensevelie sous la neige.

– Oh non, Erwen ! Non ! Ils l'ont bien retrouvée, sa fichue voiture. D'ailleurs, il n'était tombé que deux pieds de neige cette nuit-là.

– Alors quoi ?

– Alors c'était suffisant pour boucher le pot d'échappement et garder à l'intérieur les gaz qui l'ont endormie avant de l'asphyxier.

Edwards n'ose plus rien dire et le majordome en profite.

– Si ces messieurs le permettent, je vais aller vérifier le compteur, maintenant. Vous trouverez, derrière le comptoir de la réception, une trappe discrète qui épouse le dessin du parquet et qui mène à une cave. Si j'ai bon souvenir, des lampes-tempête et des réserves de pétrole y sont stockées.

– Allons-y, Buchanan, décide Woodward. Erwen, suivez Archie et donnez-lui un coup de main.

Ils vont partir quand le coup claque dans la salle à manger. Tous sursautent, mais le rire d'Eliot s'égrène dans le noir. Ils découvrent le gamin, sur les genoux de Melinda Artwell, fier de leur avoir fichu la trouille en faisant claquer un des Christmas crackers.

– Suffit, sombre idiot ! siffle Erwen Edwards. Tu recommences ça et je te…

Un deuxième cracker claque et Edwards se fige. Cette fois, c'est Melinda Artwell qui a tiré sur les deux extrémités du pétard pour qu'il éclate. Et maintenant, elle regarde Erwen droit dans les yeux.

– Sinon vous me quoi ?

Les autres aussi ont été surpris par le ton d'Edwards. Une voix sans plus aucune peur, mais blanche d'une sorte de colère froide. Woodward prend les choses en main.

– Merci de vous occuper d'Eliot, Melinda. Allez, on y va. Edwards avec Archie et le doc avec moi.

Ils s'éloignent dans le halo de leurs briquets, et la pièce retombe dans le noir.

– J'ai peur… murmure le gamin en se serrant fort contre la jeune femme.

Melinda le repousse doucement et lui demande de ne pas bouger, de rester là sans avoir peur, parce qu'elle a une surprise pour lui.

Woodward et Buchanan repèrent la trappe et accèdent à la cave par un raide escalier de meunier. La pièce est basse de plafond, mais vaste et bien rangée. Dans la lueur de leurs briquets, ils trouvent vite les lampes-tempête. Une vingtaine, parfaitement alignées sur une étagère. Une pour chacune des douze chambres, suppose Woodward, une pour la réception, une pour la cuisine, et six pour les autres pièces. Les réserves de pétrole sont suffisantes pour au moins une semaine, dans des jerrycans au pied des étagères, contre le mur.

En fait, c'est plus une réserve qu'une cave. Dans la clarté de la lampe qu'ils allument, ils découvrent des stocks de toutes sortes. Des bottes et des vêtements de pluie, pour les clients des mauvaises saisons. Des vélos, des parapluies labellisés au nom de manoir. Du savon, des shampoings et du gel douche pour les chambres. Des chaises longues.

Woodward en déplie une et invite Buchanan à faire de même.

– Profitons-en pour parler un peu, doc. Les autres peuvent attendre. Au moins, dans le noir, personne ne fera de conneries.

Buchanan hésite puis accepte.

– Vous avez vu la réaction d'Edwards au pétard du gosse ?

– Oui, et j'ai bien noté que vous l'aviez remarquée vous aussi. Une réaction presque aussi violente que celle de sa femme.

– Vous croyez qu'il surjouait son personnage d'homme battu et que, maintenant que sa femme n'est plus, il assume ce qu'il est vraiment ?

– Je suis légiste, pas psy, mais quel intérêt aurait-il eu à jouer ce rôle devant sa femme ? Il semblait réellement terrorisé par elle.

– Peut-être qu'ils étaient plus déglingués encore qu'il n'y paraît. Peut-être que chacun acceptait le rôle de l'autre dans une sorte de relation sado-maso. Avec le pauvre gosse au milieu.

Woodward affranchit Buchanan sur l'accident de tricycle et la mort de la petite Lily.

– C'est Dieu pas possible ! soupire le légiste.

– D'un autre côté, ce n'est que la version d'Edwards, celle qui le disculpe.

– Quoi, une confession opportuniste, vous croyez, mais dans quel but ?

– Je n'en sais fichtre rien, mais Edwards cadre mal avec le personnage de pauvre type battu auquel il voudrait nous faire croire.

– Je suis d'accord avec vous là-dessus, Woodward, et je suis certain qu'il a joué un rôle dans la mort de sa femme. J'ai repensé à toutes nos déductions. Je vous ai dit que l'accident aurait pu être provoqué par quelqu'un et vous m'avez répondu que l'élément déterminant dans sa chute était qu'elle se torde la cheville en haut de l'escalier et que cela, personne ne pouvait le prédire, vous vous souvenez ?

– Oui, doc, je m'en souviens, et je le maintiens.

– Et si celui qui l'assomme d'un bon crochet du droit, une fois qu'elle est K.O., lui blesse aussi intentionnellement la cheville ? Elle constate sa blessure au pied et les gants lacés à ses mains, comprend qui est son agresseur, à quoi riment tous ces jeux macabres, et tente de descendre lui régler son compte.

– Je veux bien, doc, mais elle boite et ses mains lui sont inutiles, pourquoi prendrait-elle le risque de descendre les escaliers ?

– Vous venez de le dire, Woodward : le risque.

– Quel risque ?

– Le risque au sens du jeu. Et si ces deux-là jouaient depuis longtemps à des jeux idiots, genre sado-maso, genre « t'es pas cap ! » ? Et si même la mort de la gamine n'était que la conséquence d'un de leurs jeux idiots ?

Woodward ne répond pas tout de suite. Il imagine la sèche et revêche Linda Edwards et son pleurnichard de petit mari comme des monstres du quotidien. De terribles petits Jekyll et Hyde domestiques.

– Je ne sais pas, finit-il par admettre. Tout ce dont je suis sûr, c'est que c'est lui qui a assommé Linda. Personne d'autre ne peut l'avoir fait et ça le rend, d'une façon ou d'une autre, responsable de la mort de sa femme.

– Et de celle de McFarlane…

– Là, j'en suis moins sûr, doc.

– Ce n'est pas une certitude, mais c'est quand même leur gamin qui lui tire dessus.

– C'est une balle perdue. Avec une telle arme dans la main du gamin, personne ne pouvait prévoir qui prendrait la balle.

– Deux choses, quand même. Un : c'est leur gosse et c'était à eux de garder un œil sur lui. Deux : peut-être qu'ils ne visaient personne en particulier. Peut-être qu'ils ne visaient qu'à semer la panique. Ou même, pourquoi pas, qu'il s'agissait juste d'une sorte de « roulette russe collective », avec un gamin innocent dans le rôle de la main du hasard.

– Non, je ne peux pas croire ça, doc. Je ne veux pas y croire. Je veux bien envisager, par contre, qu'après avoir trouvé le courage d'éliminer sa mégère, Edwards se laisse basculer du côté obscur. C'est plus le sens que je donnerais à sa dernière réaction envers le gamin.

– Oui, surtout que ce n'était pas la première. Souvenez-vous de la réaction d'Edwards quand

Eliot a répété le mot dégueulasse, et même quand il a réclamé de l'Ecclefechan Tart.

– Vous avez raison, doc, je crois que nous ferions bien de garder un œil sur Erwen Edwards.

– Et peut-être, aussi, sur cette séduisante Melinda Artwell qui vous plaît tant.

– Artwell ? Pourquoi Artwell ?

– Ne faites pas l'innocent, Woodward. Vous et moi savons que McKay est mort étranglé par sa cravate.

– Et alors ?

– Qui s'est amusée à entraîner McKay par la cravate comme un petit toutou à la recherche de la cuisine perdue ?

– Ça ne prouve rien, bougonne Woodward de mauvaise foi.

– Qui est revenue de cette chasse au trésor sans McKay ?

– Encore une fois…

– Et qui vous a menti, à vous Woodward, en affirmant qu'elle n'était jamais allée jusqu'aux cuisines avec McKay, pour vous mentir une seconde fois en expliquant qu'elle n'avait aperçu les cuisines que de loin avant de faire demi-tour à mi-chemin du souterrain ?

– …

– Woodward, cette fille fort désirable et dont c'est le métier ne sera jamais votre maîtresse, votre amie Betty est là pour vous le rappeler et prendre bien garde que ça n'arrive pas, alors revenez à la réalité. Nos regards se sont croisés quand elle a sorti l'excuse bidon du demi-tour, et le vôtre ne laissait aucun doute sur votre suspicion à son égard.

– Oui, je dois admettre à contrecœur que vous avez raison, doc, il faut aussi garder l'œil sur elle.

– Pas l'œil, Woodward, les deux yeux, et bien plus haut que ses fesses et son décolleté, d'accord ?

– D'accord. Mais si Melinda a quelque chose à voir avec la mort de McKay et qu'Erwen Edwards est bien à l'origine de celle de sa femme, quelle était la probabilité que trois crimes différents se produisent en quelques heures dans un groupe de neuf personnes réunies par le hasard ?

– Très faible, je l'admets, mais seulement si les trois crimes n'ont aucun lien entre eux.

– Pourquoi dites-vous ça ? Vous avez trouvé un lien ?

– Pas vous ?

– Lequel, je vous en prie ? Je n'ai pas le cœur à jouer aux devinettes.

– Eliot. N'est-ce pas évident ?

– Eliot ?

– Oui, le gamin : c'est lui qui tire sur McFarlane, notre première victime, il est le fils de Linda Edwards, la seconde victime, et Melinda Artwell, la dernière personne à avoir vu McKay vivant, passe son temps à le dorloter contre son sein chaleureux…

Woodward n'a pas le temps de répondre. La trappe de la réserve retombe en claquant et les deux hommes se précipitent vers l'escalier.

Au-dessus d’eux, un raclement les électrise de colère. Quelqu’un pousse un meuble sur la trappe. En équilibre en haut des marches raides, ils se blessent les épaules et les mains à essayer de la soulever avant de se rendre à l’évidence. On les a piégés dans cette cave. Woodward se met à cogner contre la trappe et à hurler.

– Pas de panique, réfléchit Buchanan à voix haute. Ici, nous sommes à l’abri. Pas de danger immédiat. Nous avons de la lumière, et regardez ces vélos.

– Quoi, ces vélos ?

– Vous imaginez les clients du manoir, ou même les propriétaires, rapporter leurs vélos à la réception et quelqu’un prendre le risque de les descendre ici par cet escalier raide comme une échelle ?

– À quoi pensez-vous ?

– Il existe certainement un autre accès à cette réserve. Explorons tranquillement cette caverne d’Ali Baba et nous trouverons sûrement une autre sortie.

Eliot, allongé dans le sofa, le coin d'un plaid dans son petit poing, son pouce dans la bouche, regarde, émerveillé, la magie des bougies. Dispersées dans tout le salon, elles se reflètent par dizaines dans ses yeux qui scintillent. Leurs flammes dansantes donnent vie aux ombres des choses et ça l'amuse. C'est le pays de Peter Pan, la Taverne des pirates, le Royaume des lucioles.

Tout bascule dans l'horreur quand il aperçoit les deux fantômes penchés au-dessus de lui, deux trous noirs à la place des yeux et leurs suaires blancs maculés de sang. Il hurle de terreur en même temps qu'ils se jettent sur lui, bras tendus, dans un rire sinistre et menaçant.

À genoux pour préparer d'autres chandelles, Melinda Artwell se relève d'un geste et, dans le même mouvement, sèche le premier fantôme d'un coup de pied fouetté en plein visage. Le fantôme s'affaisse sur le dossier du sofa et l'autre se fige.

– Mais vous êtes folle de l'avoir frappée comme ça…

Melinda Artwell reconnaît la voix du jumeau, mais elle a déjà pivoté sur elle-même et ne peut retenir son pied de faucher Kyle qui s'écroule à son tour.

Dès qu'elle se retrouve sur ses deux pieds, Eliot bondit se blottir dans ses jambes.

– Ce n'est rien, Eliot, n'aie pas peur, je suis là ! Juste une mauvaise blague de ces idiots de jumeaux. Regarde.

Elle arrache les draps et, quand il reconnaît les jumeaux assommés, Eliot se met en position de karaté et leur balance deux coups de pied au visage.

– Non ! le retient Melinda. Ça suffit, ils sont déjà K.O. Ils ont eu ce qu'ils méritaient.

Les cris d'Eliot et des jumeaux ont alerté Erwen et le majordome qui reviennent en courant. Depuis la salle à manger, la clarté chancelante des chandelles leur fait craindre un début d'incendie, mais quand ils passent la porte du salon, ils s'arrêtent, émerveillés.

– J'étais certaine qu'un tel endroit devait donner lieu à des soirées aux chandelles. Je les avais repérées dans un autre placard dissimulé dans la bibliothèque, en cherchant le réfrigérateur.

– Si je peux me permettre, Madame, c'est très beau, mais peu adapté à la situation.

– En quoi serait-ce inadapté, mon bon Archibald ?

– Eh bien d'une part, à cause du risque d'incendie dans une vieille pièce d'époque surchargée de livres, et d'autre part, en raison de ce chatoyant gaspillage, Madame. Si nous devons survivre de longues heures sans électricité, autant commencer dès maintenant à économiser nos chandelles.

– Économies de bouts de chandelles… murmure Melinda, mais vous avez raison, Archibald. Des nouvelles du compteur ?

– Quelqu'un a trouvé amusant de nous plonger dans le noir en le faisant disjoncter, Madame.

– Ne suffit-il pas, dans ce cas, de le réenclencher ?

– Si, Madame, dans l'ordre normal des choses. Mais ce quelqu'un-là a trouvé plus hilarant encore d'enlever tous les fusibles un à un.

– Si je trouve cet abruti… grogne Erwen Edwards.

– Ne vous donnez pas cette peine, Edwards, vos coupables sont là. Toujours ces idiots de jumeaux. Je suppose qu'ils voulaient que l'obscurité rende leurs personnages de fantômes plus effrayants pour Eliot.

– Ils ont effrayé Eliot ?

– Qui d'autre auraient-ils pu effrayer ? J'espère que vous ne croyez pas aux fantômes, Edwards.

– Non, bien sûr… même si nous sommes quand même dans un manoir en Écosse.

– Puis-je savoir ce qui leur est arrivé et pourquoi ils sont inconscients à même le sol ? s'enquiert, curieux, Archibald.

– High kick de boxe thaïe, répond Melinda Artwell. Technique de self-defense. Une compétence recommandée dans mon métier. Mais puisque j'ai réglé le problème des fantômes, comment pensez-vous régler celui du compteur électrique, Archibald ?

– Je pense que le manoir dispose de fusibles de rechange dans la réserve derrière la réception. Nous étions en chemin, avec monsieur Edwards, pour aller nous en enquérir.

– Eh bien, allez-y, Archibald. De mon côté, je vais économiser quelques-unes de ces chandelles.

– Oh non, supplie Eliot, c'est trop beau comme ça !

– Eliot, ne te mêle pas des affaires des grands, compris ?

– Edwards, occupez-vous plutôt de ces deux idiots de jumeaux. Relevez-les et posez-les dans un fauteuil. Ils ne vont pas tarder à revenir à eux.

À peine Edwards s'est-il saisi du premier fantôme avachi derrière le sofa qu'Archibald réapparaît.

– Si je peux me permettre, il est fort possible que mademoiselle Ainsley et monsieur Kyle aient poussé leur goût de la plaisanterie un peu plus loin que prévu dans la bêtise.

– Comment ça ? s'inquiète Melinda Artwell.

– Eh bien il semblerait qu'ils aient poussé un meuble sur la trappe menant à la réserve.

– Mais pourquoi auraient-ils fait ça ? s'étonne Edwards. Comment pouvaient-ils savoir qu'il existait une réserve de fusibles ?

– Peut-être ne s'intéressaient-ils pas aux fusibles, mais à messieurs Woodward et Buchanan.

– Qu'est-ce que Woodward et Buchanan ont à voir avec ça ?

– Je leur ai dit qu'ils devraient trouver dans cette cave des lampes-tempête de grand secours dans les circonstances actuelles.

– Vous voulez dire que ces deux petits cons ont enfermé Woodward et Buchanan dans la cave en tirant un meuble sur la trappe ? panique Erwen Edwards.

– C'est ce que je m'efforce de faire comprendre à Monsieur pour qu'il vienne m'aider à pousser le meuble et dégager la trappe d'accès.

– Allez-y, Edwards, je m'occupe d'Eliot et je surveille ces deux zigotos.

Edwards suit le majordome vers le guichet de la réception, toujours inquiet.

– S'ils sont coincés là-dessous, pourquoi n'appellent-ils pas ? Ils auraient dû trouver dans cette cave de quoi faire du bruit et nous alerter, non ? Vous avez entendu quelque chose, vous, Archibald ? Croyez-vous qu'ils soient…

– Si je peux me permettre, Monsieur, m'aider à pousser le meuble devrait être plus utile à la libération de messieurs Woodward et Buchanan que de poser des questions.

Edwards se tait, et ils font glisser le lourd meuble-classeur à rideau. Aussitôt la trappe dégagée, ils l'ouvrent et leur première surprise est de ne découvrir qu'un trou béant et noir.

– Ils n'ont pas trouvé les lampes-tempête ? s'étonne Edwards.

– Je crois que si. Si Monsieur veut bien humer l'air ambiant, il y décèlera l'odeur du pétrole et de la mèche brûlée.

– Dans ce cas, où sont-ils et pourquoi restent-ils dans le noir ? Woodward ! Buchanan ! Répondez ! appelle Edwards d'une voix qui trahit sa peur.

Le majordome décide de prendre les devants et descend dans la cave, son briquet à la main. Il repère les lampes-tempête et la réserve de pétrole. Quand l'éclat d'une mèche éclaire enfin ce qui ressemble plus à une remise qu'à une cave, Edwards, rassuré, s'y risque à son tour.

– Woodward ? Buchanan ?

– Je suggère à Monsieur de plutôt se concentrer sur la recherche des fusibles.

– Mais Woodward et Buchanan ?

– S'ils sont en vie et ici, je pense qu'ils finiront par manifester leur présence, Monsieur.

– Et s'ils…

– S'ils sont morts ou coincés quelque part ? Dans ce cas, nous finirons bien par tomber dessus, Monsieur.

– Et si…

– S'ils ne sont ni morts ni vivants, Monsieur ? Alors cela supposerait qu'ils aient disparu, et il serait dans ce cas bien inutile de les chercher.

– Mais alors, que faisons-nous, Archibald ?

– Les fusibles, Monsieur, les fusibles.

Ils cherchent partout, trouvent beaucoup de choses utiles, mais pas de fusibles. Des lampes, des couvertures, des vêtements d'extérieur, des outils, mais aucune trace de fusible. Au milieu de la réserve, ils remarquent une porte sur le côté. Son emplacement suggère qu'elle ouvre sur l'extérieur et qu'elle doit être bloquée par la neige. D'ailleurs, le sol est détrempé à cet endroit. La neige doit s'infiltrer sous la porte et fondre à l'intérieur. Edwards examine le sol et repère des regards d'évacuation. C'est l'Écosse : dans les caves, c'est soit la pluie, soit la neige.

Edwards appelle une dernière fois Woodward et Buchanan sans oser s'aventurer plus profond dans la cave et rejoint Archibald qui prépare les lampes-tempête. Après plusieurs ascensions périlleuses de l'escalier, les bras chargés, dans un équilibre précaire, ils ont remonté assez de lampes et de jerrycans pour éclairer toutes les chambres et toutes les pièces connues du château, y compris la cuisine. Ils les alignent sur le comptoir de l'accueil et vont rejoindre Melinda Artwell dans le salon. Ils la surprennent, le regard perdu dans le jeu des flammes, au cœur de cette grotte de lumière, lovée dans un sofa, une main posée sur la joue de l'enfant endormi sur ses cuisses.

– Alors ? s'enquiert-elle quand elle devine leur présence.

– J'ai bien peur, Madame, que nous devions nous résoudre à économiser vos chandelles. Nous avons trouvé des lampes-tempête, mais pas de fusibles.

– Est-ce que ceux-là pourraient vous être utiles, Archibald ?

Melinda Artwell tend au majordome une poignée de fusibles. Archibald retient son étonnement et sa joie.

– Puis-je me permettre de demander à Madame comment elle se les est procurés ?

Melinda désigne deux draps jetés sur un fauteuil.

– J'ai fait les poches des fantômes.

– Et où sont-ils ?

– Ils sont partis bouder quelque part. Ils ne comprennent pas notre manque d'enthousiasme pour l'animation qu'ils s'efforcent d'apporter à cette soirée de réveillon.

Le majordome secoue la tête et écarquille les yeux pour signifier son incrédulité.

– Si Madame le permet, je vais aller remettre ces fusibles en place.

– Faites, Archibald, je vous en prie. Eliot m'aidera à souffler toutes ces bougies dès que la lumière sera rétablie.

– Je vais m'en occuper, intervient Erwen Edwards.

– Je vous en prie, Erwen, ne le réveillez pas, il s'est endormi sur moi. À propos, avez-vous trouvé Woodward et Buchanan ?

– Non. Ils n'étaient pas dans la cave. Ou peut-être qu'ils n'y étaient plus. Peut-être sont-ils en vadrouille quelque part. Je trouve que ces deux-là sont toujours à conspirer.

– Edwards, contre qui voulez-vous qu'ils conspirent ?

– Contre nous, bien évidemment. Contre qui voudriez-vous qu'ils le fassent ?

– Mais de quoi nous soupçonneraient-ils ?

– Eh bien moi j'ai été la dernière personne à avoir vu Linda vivante, et vous, c'est la même chose avec McKay.

– On a retrouvé McKay ? Il est mort ?

– Non. Enfin, je n'en sais rien, mais il n'est toujours pas revenu depuis que vous êtes partie vers les cuisines en le tirant par sa cravate.

– Et vous croyez que je l'ai tué ?

– Pourquoi pas ?

– Et pour quelle raison l'aurais-je fait ?

– Je n'en sais rien, mais Woodward et Buchanan semblent avoir leur petite idée là-dessus.

– Eh bien, je leur demanderai laquelle dès qu'ils reviendront.

– S'ils reviennent…

– Arrêtez avec vos pleutreries, Edwards, vous allez finir par me ficher la trouille !

– Je ne suis pas sûr que vous soyez le genre de fille à avoir la trouille, réplique Edwards. Je veux dire qu'avec votre métier, vous ne devez pas être facile à intimider, n'est-ce pas ? D'ailleurs, vous avez neutralisé les jumeaux, non ? Deux d'un seul coup. Vous êtes peut-être celle dont il faudrait le plus se méfier.

Tout en parlant, il se déplace lentement, sans quitter Melinda Artwell des yeux, jusqu'au serviteur de cheminée où il se saisit, à tâtons, d'un tisonnier.

– Qu'est-ce que vous faites, Edwards ?

– Éloignez-vous de mon fils.

– Edwards…

– Éloignez-vous de mon fils ! hurle-t-il cette fois.

Melinda Artwell glisse ses cuisses de sous la joue d'Eliot et repose la tête du gamin sur le cuir du sofa. L'enfant grogne une incompréhensible plainte, se recroqueville un peu plus, et reste dans son sommeil. Contre les murs, l'ombre menaçante d'Edwards, son arme à la main, danse et grandit au-dessus d'eux.

– Qu'est-ce que vous manigancez avec mon fils, Madame Artwell ? Sa mère à peine morte, vous voulez déjà vous l'accaparer et m'en priver, c'est ça ?

– Ne dites pas n'importe quoi, Edwards. Je m'occupe juste un peu de lui dans ce réveillon d'adultes qui part en vrille.

– À qui la faute ?

– Je vous retourne la question, Edwards.

– Pas la peine, Madame Artwell, dit-il d'un ton lourd de menaces, j'ai déjà ma petite idée sur la réponse.

– N'avancez plus, Edwards, et posez ce tisonnier.

– Sinon quoi ?

– Sinon…

Le courant revient, et soudain Edwards n'est plus qu'un petit homme rabougri aveuglé par la lumière qui inonde le salon. Il reste là, clignant des yeux, indécis, son attisoir à la main.

– Avec tout le respect que je vous dois, Monsieur Edwards, je vous recommande vivement de poser ce tisonnier. Il me serait déplaisant d'être contraint de venir vous le faire lâcher de force, si Monsieur voit ce que je veux dire.

Edwards ressemble à un animal surpris dans les phares d'une voiture.

– Pardon ? Ah oui, le tisonnier…

Il recule vers la cheminée, remet l'attisoir en place, et se confond en excuses.

– Ne vous méprenez pas, je n'avais vraiment aucune intention de m'en servir, Madame Artwell, je ne vous aurais jamais fait le moindre mal.

– Je ne vous aurais jamais laissé la moindre chance de m'en faire, Edwards. Mais maintenant, je sais quoi penser de vous et de ce dont vous seriez capable.

Erwen Edwards se redresse et se raidit dans une attitude qui surprend Melinda Artwell et le major-dome. Une étincelle fugace, mais féroce, passe dans ses yeux.

– Moi aussi, Madame Artwell, moi aussi…

Il se penche sur le sofa et tire Eliot de son sommeil sans ménagement, le regard rivé dans celui de Melinda.

– Debout, Eliot, on va dans notre chambre.

– Mais je voulais dormir avec Melinda et les chandelles.

– Eliot, cette femme n'est pas ta mère, alors ferme-la et avance plus vite que ça.

– De toute façon, elle est morte, maman, maintenant, bougonne le gamin.

Edwards va réagir avec une violence que Melinda Artwell et le majordome s'apprêtent à contenir quand un bruit les fait tous se retourner et se précipiter dans le hall. Un claquement régulier. Quelque chose qui cogne avec rudesse. Betty Coolridge descend l'escalier, tirant derrière elle une valise qui tombe et se cogne à chaque marche. Quelque chose dans son attitude les alerte. Elle bougonne, se parle à elle-même, agite la tête comme pour répondre à quelqu'un avec qui elle ne serait pas d'accord. Ou tout à fait d'accord au contraire, ou non, pas d'accord…

– Betty, où allez-vous comme ça ?

– Je m'en vais, déclare-t-elle d'une voix décidée. Je quitte ce manoir maudit. Je rentre chez moi. Je vais revoir mon mari et mes enfants. Eux m'attendent au moins, ils doivent s'en faire pour moi. Ils ne m'abandonnent pas dans une chambre sinistre et sans amour…

– Écoutez Betty, il ne faut…

– Toi, la pute, avec ta morale à dix balles, tu la fermes et tu ne m'approches pas ! Continue de faire baver les yeux de Woodward et des autres. Fais ton métier et fiche-moi la paix. Je te les laisse tous !

– Si je puis me permettre, Madame Coolridge, il va vous être impossible de quitter le manoir.

– Je voudrais bien voir ça !

– C'est tout vu, tranche Edwards content de détourner l'attention. Il est tombé plus de deux mètres de neige. Toutes les issues sont murées de glace et les voitures ont disparu. Les routes aussi, probablement, ainsi que les arbres, les panneaux et tout le paysage. L'Écosse toute entière. La planète entière même, peut-être. Toute trace de vie à l'extérieur, peut-être même !

– Monsieur Edwards exagère, mais il a en partie raison, Madame Coolridge. Il est pour l'instant impossible de sortir du manoir, confirme le majordome.

Quelque chose se casse alors dans le regard de Betty Coolridge. Une volonté qui cède. Un courage qui se brise.

– Laissez-moi sortir d'ici ! hurle-t-elle soudain, prise de panique. Laissez-moi sortir ! Je ne veux pas mourir étouffée ici, dans ce trou. Je veux retrouver mes enfants ! Appelez mon mari ! Appelez Charles, qu'il vienne me chercher, qu'il me pardonne, qu'il me sorte de là !

Edwards s'approche pour la maîtriser, mais elle le bouscule d'un coup de coude au visage. Il saigne du nez et la démence qui s'empare de Betty la rend incontrôlable.

– Où tu es, Woodward ? Où tu es, espèce de salaud ? Regarde dans quel piège tu nous as fourrés juste pour pouvoir me baiser une dernière fois avant d'aller réveillonner chez toi. Fais-moi sortir, Woodward ! Fais-moi sortir. Je t'en prie, James, fais-moi sortir…

Elle s'effondre en pleurs, tombe à genoux, puis aussitôt se relève, redoublant de fureur.

– Laissez-moi sortir ! J'étouffe, je suis claustrophobe, vous ne comprenez pas ? Je ne supporte pas d'être enfermée, je ne veux pas mourir comme ça. Pas ensevelie sous la neige. Ne me laissez pas mourir. Laissez-moi sortir.

Elle répète mille fois la même supplique, avec la même rage, la même peur, la même violence. Elle hurle, elle crie, elle se défend chaque fois qu'ils cherchent à la retenir. Ils sont trois à tenter de la maîtriser, mais elle devient hystérique. Elle mord la main d'Edwards qui lâche prise et elle en profite pour leur échapper et se précipiter vers la porte. Ils lui hurlent tous de ne surtout pas l'ouvrir, mais c'est trop tard. Betty Coolridge se jette sur la poignée. Aussitôt, le battant cède sous la pression du mur de neige qui s'effondre, se déverse en avalanche dans le hall, et engloutit Betty Coolridge. Elle disparaît dans un hurlement qui s'étouffe en borborygmes.

– Quelle conne ! lâche Erwen Edwards, le visage et les mains tachés de son sang. Qu'elle crève là-dessous !

Melinda Artwell et le majordome se précipitent au contraire pour aider Betty Coolridge, mais chaque brassée de neige qu'ils dégagent provoque d'autres coulées glacées depuis l'extérieur. Ils finissent par dégager un pied et tirent dessus pour extraire petit à petit Betty Coolridge de sa gangue de neige. Les pieds d'abord, puis les jambes, les fesses, le dos, la tête et enfin les bras qui laissent derrière eux une longue traînée rouge dont la vue fige tout le monde.

– Seigneur Dieu, murmure Melinda Artwell, elle s'est blessée…

Ils tirent plus fort pour la dégager et le vide que laisse son corps se comble aussitôt d'une autre neige que son sang rougit. Melinda et le majordome se regardent, interdits, et Erwen Edwards tourne la tête.

– Que faut-il faire ? panique la jeune femme.

– S'occuper d'elle, commande Archibald.

– S'occuper de la porte ! lâche Edwards.

Betty Coolridge a perdu connaissance et ses vêtements sont détrempés. Melinda Artwell suggère de la remonter dans sa chambre pour la déshabiller, la sécher, et lui passer des vêtements secs avant qu'elle n'attrape la mort. Le majordome est d'avis qu'il faudrait plutôt la porter dans le salon pour s'occuper de sa blessure. Son avant-bras est entaillé et saigne en abondance. Edwards soutient que la seule chose à faire est de refermer cette fichue porte au plus vite, quand un cri sauvage retentit derrière eux.

– Betty !

Ils se retournent et Woodward est là, paniqué à la vue du corps allongé dans une flaque de sang.

– Bon sang, mais où étiez-vous ?

Buchanan répond à la place de Woodward qui se précipite vers le corps de Betty.

– Quelqu'un nous a enfermés dans la cave. Les jumeaux, je suppose. Nous avons trouvé une autre sortie par un souterrain qui mène à l'autre bout du manoir.

– On s'en fout, Buchanan, aboie Woodward, occupez-vous plutôt d'elle !

Le légiste le rejoint et examine le bras de Betty Coolridge.

– C'est une vilaine entaille. Profonde. Une ou plusieurs veines ont été touchées. Elle a déjà perdu beaucoup de sang. Il faut compresser la blessure au plus vite.

– Il faudrait plutôt penser à refermer la porte, s'entête Edwards que personne n'écoute.

– Foutez-nous la paix, Edwards, et dégagez d'ici si vous ne pouvez pas vous rendre utile.

– Dit le type qui disparaît en laissant sa maîtresse en panique au point de se jeter à travers une porte en verre, se moque Edwards.

– Ce n'est pas ce qui est arrivé, corrige Melinda Artwell, Betty a juste essayé de sortir.

– Avec la pression de la neige à l'extérieur, c'est tout comme, et Woodward a bel et bien disparu pendant une heure en nous abandonnant tous.

– Woodward, laissez-le dire et aidez-moi, coupe Buchanan. Défaites ses vêtements pour exposer la blessure, et trouvez de quoi faire une compresse épaisse pour maintenir une pression permanente sur la plaie le temps que je déniche de quoi faire un bandage.

– Si Monsieur le permet, je pourrais aller chercher la trousse de premier secours qui se trouve dans la cuisine.

– Putain, Archibald, arrêtez avec vos ronds de jambe oratoires, bien sûr que je le permets, nom de Dieu ! Vous devriez même être déjà revenu avec tout le nécessaire pour sauver madame Coolridge.

– Bien, Monsieur, dans ce cas, puisque Monsieur me l'autorise, j'y vais de ce pas.

– Pas de ce pas, Archie, hurle Woodward, pas de ce pas : en courant, Archie, en courant, tu comprends ?

– Je comprends, Monsieur, je comprends, j'y cours de ce pas !

Woodward défait la veste du tailleur de Betty, hésite à la vue du chemisier maculé de sang, et l'arrache à la fois pour exposer la blessure et en faire une compresse provisoire. Quand il aperçoit l'entaille, il blêmit et la tête lui tourne. Un éclat de verre s'est fiché dans le poignet de sa maîtresse, en travers de la cicatrice d'une même blessure. Buchanan, qui prend le pouls de la femme, s'en aperçoit. Il évalue à deux ans environ l'âge de la cicatrice.

– Tentative ?

– Oui, murmure Woodward. Deux fois. Une à chaque poignet. C'était…

– Je ne veux rien savoir, Woodward. Aujourd'hui, c'est un accident. Point barre. Concentrez-vous sur ce que vous faites.

Comment le doc pourrait-il savoir ? Ce n'est pas seulement le souvenir de la tentative de Betty que réveille cette blessure. La même année, le même mois, la même semaine, sa femme Jennifer s'est aussi tailladé le même poignet que sa maîtresse. Sans rien savoir de Betty. Sans rien savoir des aventures et des frasques de Woodward. Juste par tristesse, par ennui de sa vie. Elle n'était plus qu'une longue déprime. L'absence d'enfant dans leur couple, son métier à elle, abandonné, l'amour maladroit de Woodward qui cherchait plus à la distraire qu'à la comprendre. Un peu plus qu'une tentative. Un presque suicide. Un long rétablissement qui n'a rien guéri de ses déprimes. Au contraire. Des complications. Des séquelles. Trop de sang perdu, plus assez d'oxygène. Une dépression compliquée de troubles neurologiques. Il en pleure et le légiste se trompe.

– Elle s'en sortira…

Betty peut-être, mais Jennifer sûrement pas. Un jour, elle l'a refait et lui s'en veut d'y avoir survécu. En se jetant dans la vie comme on se jette à l'eau. Comme il le faisait déjà, à dire vrai. Il vit en laissant mourir Jenny. Dans les moments de déprime, dans les soirées d'alcool, les silences d'après ses amours adultères, il se dit que c'est ce qu'elle veut, au fond. Mourir. Qu'il n'y peut rien.

Que ce serait mieux, pour tout le monde. Et il se réveille avec des gueules de bois de salaud d'avoir osé penser ça. Ordure. Fumier. Lâche…

– Pansement et compresses, annonce le majordome essoufflé d'avoir marché si vite.

– Parfait, merci Archibald, dit le légiste en se saisissant du bandage.

Ce sont des compresses hémostatiques et un pansement compressif. Buchanan demande à Woodward de remplacer le chemisier ensanglanté de Betty par une compresse en maintenant la pression, puis enroule par-dessus la bande compressive.

– Ça va suffire ? s'inquiète Woodward.

– C'est efficace jusqu'à vingt-quatre heures. Après, il vaudrait mieux qu'elle soit prise en charge.

– Rien n'est moins sûr avec cette tempête…

– Chaque chose en son temps, Woodward, madame Coolridge est sauvée de l'hémorragie pour l'instant, ce serait une bonne chose de l'empêcher de mourir de froid, maintenant, vous ne croyez pas ?

– Oui, portons-la dans notre chambre. C'est normal qu'elle ne reprenne pas connaissance ?

– Rien n'est normal dans ce manoir, Woodward. Disons que ce n'est pas plus anormal que tout le reste.

Ils portent le corps inerte de Betty Coolridge jusque dans sa chambre, et Melinda Artwell les suit en se proposant de les aider à la déshabiller.

– Je suis son amant et Buchanan est légiste, lâche Woodward pour toute réponse.

Les deux hommes posent Betty dans un fauteuil pour la déshabiller sans mouiller le lit. Woodward sèche son corps avec un drap de bain pendant que Buchanan cherche dans l'armoire une couverture supplémentaire. Puis Woodward dépose Betty Coolridge dans le lit et tire sur elle les deux couvertures.

– Restez auprès d'elle, commande Buchanan. Surveillez que son pansement demeure propre et qu'il ne saigne pas. Quand elle se réveillera, rassurez-la. Qu'elle reste calme. Aucun effort. Elle sera faible et sujette à des vertiges. Accompagnez-la aux toilettes si elle veut s'y rendre. Au moindre problème, appelez-moi, je serai en bas, dans le salon.

Buchanan sort et Woodward s'assied au chevet de Betty Coolridge. À aucune de ses tentatives, il n'a été là, près d'elle, à la veiller. La seule auprès de qui il soit resté, c'est Jennifer. Celle dont il s'éloignait aussitôt, comme un salaud. Et le voilà, dans un manoir perdu, hanté par il ne sait quels malheurs, à veiller sa maîtresse en pensant à sa femme. Quand Betty ouvre les yeux, ceux de Woodward sont mouillés de larmes.

– Tu pleures ?

– Non, non, c'est la fatigue.

– Qu'est-ce que je fais là ?

Elle sort le bras des couvertures et fixe son pansement.

– J'ai recommencé ? demande-t-elle dans un sanglot de désespoir.

– Non, pas du tout. La neige a brisé la vitre de la porte d'entrée quand tu as voulu sortir. Un éclat de verre t'aura blessée.

– Non, murmure-t-elle sans quitter des yeux son poignet bandé. De toute façon, ça devait arriver.

– Ne dis pas de bêtises, c'était un accident. Buchanan, Edwards et Artwell peuvent en témoigner, ils étaient là.

– Non, c'était écrit, James, murmure-t-elle d'un ton convaincu qui l'inquiète. Je ne sais pas pourquoi ça arrive maintenant, par cette maudite tempête et dans ce sinistre manoir, mais c'était écrit.

Woodward se penche sur elle, pose un baiser sur ses lèvres, et s'étonne. Ce n'est pas le baiser gourmand à une maîtresse facile et désirable. C'est le baiser tendre à une femme fragile dont la présence prend soudain tout son sens. Il en aurait presque les larmes aux yeux s'il ne redoutait de s'avouer, comme une faiblesse, la force du sentiment qui le lie à Betty.

– James, peut-être est-ce le bon moment pour t'avouer quelque chose.

– Pourquoi serait-ce le bon moment ?

– Parce que nous sommes tous les deux loin de ceux que nous aimons aussi, et que je suis trop fragile pour que tu te mettes en colère contre moi.

– Quelle raison j'aurais d'être en colère ?

Betty Coolridge ne répond pas tout de suite. Il devine qu'elle le sonde du regard. Cherche à savoir si elle peut prendre le risque. Si l'aveu en vaut la chandelle.

– J'ai parlé à Jennifer, finit-elle par avouer sans baisser les yeux.

– Tu as quoi ?

– J'ai parlé à ta femme. Je lui ai tout avoué pour nous…

– Mais quand as-tu fait ça ? panique Woodward.

– La semaine avant sa tentative de suicide.

– Seigneur Dieu, Betty, tu te rends compte de ce que ça veut dire ?

– Tu crois que je ne le sais pas ? Tu crois que chaque fois que nous sommes ensemble, je ne pense pas à elle et à ce qu'elle a fait ?

Woodward est assommé par la nouvelle. K.O. debout. Plus une idée cohérente.

– Mais pourquoi as-tu fait ça, Betty ? Pourquoi tu…

– Pour la convaincre de me partager avec toi, James. Je voulais qu'elle accepte l'idée que nous pourrions être heureux tous les trois, à notre façon.

– Mon Dieu, Betty, mais tu ne connais pas Jennifer.

– Maintenant, je la connais…

Elle n'a pas besoin d'expliquer. Woodward imagine très bien leur rencontre. La stupeur de Jennifer, puis sa colère, la violence de ses mots, ses insultes, ses injures. Elle sait, se sentant menacée, cracher avec une insoupçonnable vulgarité des obscénités sans nom. Betty n'était pas de taille. Elle a dû battre en retraite, probablement rabaissée au rôle de pute de service. Comment avait-elle pu croire à ce genre de statu quo ? Pauvre Betty, pauvre Jennifer, et lui pauvre con qu'il est, d'être l'origine du malheur de ces deux femmes.

– Nous reparlerons de tout ça. Repose-toi. Reprends des forces.

– Je suis désolée, James...

– Il n'y a pas de quoi, Betty chérie.

– Si, James. Je suis tellement désolée. Tellement...

La fatigue la gagne par surprise et elle s'endort. Il tire les couvertures sur elle, s'assure qu'elle est bien, et s'apprête à sortir de la chambre quand elle le rappelle dans un murmure.

– James, prends mon téléphone et mets-moi ma chanson, tu veux ?

Il trouve l'appareil et un chargeur dans le sac de Betty et les branche. Il n'aurait jamais cru, avant de rencontrer Betty, qu'il ferait un jour, souvent, chaque fois, l'amour sur un refrain de Rod Stewart.

I am sailing, I am sailing
Home again, Cross the sea
I am sailing stormy waters
To be near you, to be free

Sa chanson fétiche, son doudou de petite môme, sa ritournelle d'ado. Il règle le son en sourdine et en boucle, la regarde s'endormir, son visage fatigué adouci d'un maigre sourire, et se glisse hors de la chambre en silence. Mais sitôt dehors, il s'adosse à la porte et se vide de toute force dans un long soupir. Jamais il n'aurait cru aimer une femme à ce point. Comme Jennifer. Jamais, il le sait désormais, il ne se pardonnera de leur avoir fait tant de mal. Il écoute les paroles de la chanson à travers la porte. Il n'avait été bercé, dans leurs élans et leurs émois, que par le boléro de la ritournelle. Il en comprend maintenant le sens.

Je m'envole, je m'envole
Comme l'oiseau, dans le ciel
Je m'envole au-delà des nues
Pour te rejoindre, être libre

Des raclements de métal et des voix préoccupées le tirent de sa tristesse. Il se redresse, rajuste ses vêtements et se dirige vers l'escalier. En bas, dans le hall, Buchanan, Edwards et Archibald tentent de dégager la neige qui bloque la porte. Il descend les rejoindre.

– Comment va Betty ? s'inquiète Melinda Artwell qui s'occupe d'Eliot.

– Laissez-le plutôt venir nous aider, grogne Edwards.

Woodward rassure Melinda et demande à Edwards ce qu'ils font.

– Chaque fois qu'on en dégageait, cette fichue neige glissait par la porte et comblait les trous. Nous essayons plutôt de la repousser pour pouvoir fermer la porte.

Woodward lui arrache la pelle des mains.

– Repousser la neige ne sert à rien. Vous ne réussirez jamais à la refouler hors du manoir.

– Ah oui ? Et vous comptez faire quoi ? Si cette porte reste ouverte, ça va finir par être glacial, là-dedans.

– Il faut prendre la neige à son propre jeu et la laisser entrer dans le hall autant qu'on peut, répond Woodward en s'adressant à Buchanan.

– Vous êtes sûr de ça ?

– Oui. On fait entrer la neige jusqu'à ce que celle de l'extérieur ne s'effondre plus à l'intérieur. Ensuite, on écarte la neige de la porte, qu'on referme.

– Ah oui ? Et on en fait quoi, de la neige dans le hall ? Des petits tas ? Des bonshommes ? La neige, c'est de l'eau, dès qu'elle se mettra à fondre, elle inondera tout le rez-de-chaussée.

– Buchanan, vous vous souvenez des grilles d'évacuation que nous avons repérées dans la cave ? On pousse la neige par la trappe et on la laisse fondre et s'évacuer par ce qui doit être une sorte de tout-à-l'égout.

– Je trouve personnellement ce plan fort judicieux, Monsieur. Puis-je d'une quelconque manière y apporter ma contribution ?

– Volontiers, Archie, il y a des pelles et des outils dans la cave. Ce serait fort judicieux, comme vous dites, de les récupérer avant de l'inonder.

– Je m'en occupe, Monsieur. Je pense qu'il y a des bottes aussi, elles pourraient nous être utiles.

Ils travaillent pendant une heure. Dans un sentiment de découragement au début, où chaque pelletée creusée devant la porte provoque à l'intérieur une nouvelle coulée de neige. Mais, peu à peu, les éboulements se tarissent et il ne leur reste bientôt plus qu'à évacuer la neige dans la cave. Woodward leur recommande d'abord de dégager la porte et de la refermer pour prévenir tout nouvel écoulement. Une fois le hall à l'abri, pousser la neige et l'eau jusqu'à la trappe devient un jeu auquel même Eliot participe. Buchanan se sert du sparadrap de la trousse d'urgence pour obstruer la vitre cassée. Il la condamne d'un pansement étanche fait d'un carré de toile qu'il découpe dans un des suroîts récupérés dans la cave.

– Bien joué, lâche Woodward à l'adresse du légiste. Nous n'avons plus à craindre le froid.

– Eh bien, ça ne sera pas grâce à cette foldingue hystérique qui a bien failli tous nous faire crever.

La pelle de Woodward siffle dans l'air et Buchanan en bloque le manche d'une main avant qu'elle ne fracasse la tête d'Edwards.

– Calmez-vous, Woodward, vous ne croyez pas que nous avons assez de trois cadavres là-haut ?

Il comprend sa bourde trop tard et Woodward lève les yeux au ciel.

– Comment ça, trois ? éructe Edwards. Qui y a-t-il dans la chambre froide avec Linda et McFarlane ? Qu'est-ce que ça veut dire, trois ? Cette folle est morte elle aussi ?

Woodward n'a plus sa pelle, mais la gifle qu'il assène à Edwards lui dévisse la tête.

– Tu l'insultes, ou tu prononces encore une fois son nom, et c'est toi qui feras le quatrième, tu m'entends bien ?

Edwards est trop sonné pour répondre et titube vers le salon.

– C'est McKay, c'est ça ? demande Melinda Artwell d'un ton qui avoue qu'elle n'a aucun doute.

– Oui, c'est lui, lâche Buchanan. C'est pour lui qu'Archibald est venu nous chercher. Woodward d'abord, puis moi. Nous l'avons retrouvé pendu à la grille intérieure de la plateforme du monte-charge.

– Pauvre McKay, soupire Melinda.

– Je croyais que vous ne l'aimiez pas.

– C'était un paumé attachant derrière sa façade d'homo arrogant et pédant. Nos chemins se sont croisés plusieurs fois. Nos nuits aussi. Il payait bien, trop, pour que je n'aille surtout pas dire qu'il aimait aussi les femmes. Il était très passif au lit. Je crois qu'il voulait surtout qu'on l'aime, dans tous les sens du terme.

– Vous l'avez connu comme client ?

Ils devinent qu'elle hésite à répondre. Elle demande à Archibald d'emmener Eliot aux cuisines et de le laisser faire une razzia dans les gourmandises. Quand ils sont partis, elle regarde longtemps Woodward dans les yeux avant de répondre.

– Vous connaissez Stockton-on-the-Bridge, Monsieur Woodward ?

– Ce n'est pas du côté de Dalshangan ou de New Galloway, dans le comté de Kirkcudbrightshire, dans le Dumfries, quelque part par là ?

– Oui, c'est ça. Une dizaine de maisons autour d'un pont, dans la brume les trois quarts de l'année. McKay et moi, nous habitions ce village. Nous étions quatre mômes à prendre le car pour aller au collège de Dumfries. J'étais de celles et ceux qui ont fait de son enfance un enfer parce qu'il était homo.

– Pour une fille qui a fini pute ! lâche dans son dos Edwards qui est revenu.

– Je ne l'étais pas encore, Edwards. J'étais d'une famille anglicane pur jus, contre toute forme de sexualité. Mes parents ne se sont accouplés que pour se reproduire et faire prospérer la communauté de Dieu. Huit mômes. Neuf avec moi.

– Arrêtez votre baratin de dévergondée. Je suis certain que vous vous faisiez déjà enfourailler par tout le monde sous votre jupette d'uniforme, non ?

– Edwards, intervient Buchanan, ou vous la fermez, ou cette fois je laisse Woodward vous aplatir à coups de pelle.

– Ouais, c'est ça, se moque Edwards en retournant par prudence dans le salon. Woodward et Buchanan, les deux mâles alpha du manoir. Mais prenez garde, Mademoiselle Artwell, ils vont finir par se battre à mort, comme tous les alpha qui se rencontrent, pour savoir lequel vous baisera.

– Tant que ce n'est pas le petit merdeux teigneux qui boxe sa femme et ses mômes… réplique Melinda Artwell.

Elle attend qu'Edwards disparaisse pour reprendre le fil de ses souvenirs.

– Alors, vous et McKay ? insiste Woodward.

– Un jour, nous étions dans le car qui nous ramenait à Stockton-on-the-Bridge. Nous quatre, plus trois garçons, des grands, des classes supérieures qui rentraient à Dalshangan pour le premier et Brockloch pour les deux autres. Celui de Dalshangan est allé tenir le chauffeur en respect pendant que ceux de Brockloch ont commencé à m'agresser pour me peloter. Nous étions tous terrorisés, McKay autant que les autres filles. Mais quand il a compris qu'ils allaient me violer, il leur a sauté dessus.

– À un contre trois ? Des plus grands que lui ?

– Oui. Ils ont bien failli le tuer. C'est d'ailleurs pour ça qu'ils se sont sauvés. Ils l'ont cru mort et ont forcé le chauffeur à s'arrêter pour sauter hors du bus.

– Alors McKay a été votre sauveur dans votre jeunesse, s'étonne Buchanan.

– Par contrecoup, oui…

– Comment ça, par contrecoup ?

Le hall n'a pas encore retrouvé toute sa chaleur. Melinda leur propose de regagner le salon et de s'asseoir devant la cheminée. Buchanan entend qu'on dessert la table dans la salle à côté et court récupérer une bouteille de vin au motif qu'un Penfolds Magill Estate Shiraz 2015, Adelaide Hills, d'Australie du Sud, ça ne se laisse pas perdre. Woodward trouve des verres à whisky dans le piano-bar et décide que ça fera l'affaire. Quand la chaleur les gagne, à l'intérieur comme à l'extérieur, Melinda Artwell leur explique.

– La police s'est mêlée de l'affaire…

– Les parents de McKay ont porté plainte ?

– Ses parents n'ont jamais rien su. Ce sont les parents du garçon de Dalshangan qui se sont rendus à la police. Il a été retrouvé le mois suivant nu, passé à tabac, presque battu à mort, les testicules broyés, attaché à un poteau télégraphique sur la petite aire de stationnement à la sortie du lieu-dit.

– McKay l'a tabassé ?

– McKay avait un alibi. J'ai appris plus tard qu'il avait déjà un amant et protecteur. Le palefrenier d'un grand domaine voisin, en lisière de la Water of Deugh. De ce jour, plus personne n'a osé se moquer de McKay.

– Mais pourquoi dites-vous qu'il vous a sauvé « par contrecoup » ?

Melinda Artwell explique qu'elle a parlé à McKay quelques jours après l'agression. Pour le remercier. Mais ce qu'il a raconté ce jour-là l'a sidérée. McKay n'est pas intervenu pour la défendre. Il est intervenu pour se faire casser la gueule. Pour exacerber leur violence contre lui.

– J'avoue ne pas comprendre, s'étonne Buchanan.

– McKay était persuadé qu'après m'avoir violentée, ils s'en prendraient à lui de toute façon. Il s'est jeté sur eux pour détourner de moi leur violence, allant jusqu'à faire le mort pour qu'ils prennent peur et déguerpissent. Il n'a rien fait pour moi. Je n'étais qu'une rescapée collatérale.

– Et c'est tout ?

– Comment ça, c'est tout ?

– Vos relations, après. Vous vous êtes revus, apparemment, non ?

Melinda leur raconte sa vie après le collège. Son ton se feutre de tristesse et son regard se perd dans le rougeoiement des braises. Ses parents meurent et elle part à la dérive. Quitte le collège. Travaille de petits boulots en petits boulots. Elle n'a pour seul bagage que son corps. Il grandit en beauté et bientôt, ses employeurs l'embauchent pour lui et la débauchent quand elle le leur refuse. Après quelques mois, quelques semaines, dès le premier jour bientôt, puis avant même l'embauche, comme condition préalable.

– Je suis serveuse dans un château de luxe de l'Ayrshire et un soir je tombe sur McKay qui y dîne. On se retrouve après le service, pour fumer une cigarette dans le parc. Il est critique gastronomique après avoir fait une école de cuisine à Édimbourg.

En fait, il n'était pas l'amant du palefrenier du château de Dalshangan. Il était celui du châtelain qui avait demandé à son palefrenier de corriger ses agresseurs. Le châtelain lui a payé ses études et un peu plus et lui a laissé quelques sous en héritage. Ce soir-là, quand je lui raconte les mains aux fesses dans les couloirs, les seins empoignés à la sauvage dans les recoins, et les jupettes de service retroussées pour des baises de coin de table, il sourit et je me fâche.

Quand il entend la suite du récit de Melinda Artwell, Woodward se dit qu'il aurait dû casser la gueule à McKay.

– Il me dit que c'est normal, que je n'ai que mon corps pour tout bagage, que le monde sera toujours fait de prédateurs pour une fille comme moi et que je devrais leur faire payer.

Melinda répond qu'elle n'a pas les moyens de se venger, et McKay la détrompe. Ce qu'il veut dire, c'est qu'elle devrait vraiment les faire payer. Au sens propre du terme.

– Nous nous vendons tous à quelqu'un, qu'il dit. L'ouvrier vend à son patron ses mains, ses épaules, sa force de travail. C'est même tarifé par la Couronne. Tant de l'heure. Pourquoi ce serait immoral que tu fasses la même chose ? Tant de l'heure, comme pour un ouvrier.

– Quelle ordure, quel… ! soupire Woodward.

– Non, non, répond tristement Melinda, il avait raison. Ce soir-là, j'ai choisi mon métier et ma nouvelle vie et McKay m'a trouvé mes premiers clients. J'ai fait comme il a dit. Je leur ai vendu ma force de travail. Cher. Très cher. Pour une vie de châteaux, de voyages et de restaurants étoilés…

– Mais enfin, Melinda, c'est…

– De la prostitution ? Oui, je sais. McKay s'est chargé de me le faire savoir.

– Que voulez-vous dire ?

– Un jour que nous dînions ensemble en attendant que nous rejoigne un client potentiel qu'il tenait à me présenter, je l'ai remercié pour cette nouvelle vie de luxe et d'opulence. Et sa réponse m'a détruite.

Melinda fuit leurs regards et se perd dans la contemplation du feu. Buchanan remplit son verre pour l'encourager à continuer. Elle en boit deux courtes gorgées, les yeux scintillants de larmes dans la lueur des flammes.

– Il m'a dit que je n'étais qu'une pute. Qu'il n'avait fait de moi que ça. J'avais beau me faire appeler *escort girl*, je n'étais qu'une gagneuse, une racoleuse, une catin, une garce, une tapineuse, une cocotte, une demi-mondaine. C'est ce qu'il a dit. Une traînée, une michetonneuse, une roulure. Une tapin.

Elle s'arrête. Ils la regardent tous les deux. Une larme coule sur sa joue et ils pensent à une perle précieuse.

– Mais…

D'un signe de la main, elle interrompt Woodward et lui fait comprendre qu'elle va continuer. Le temps de ravaler un sanglot.

– Il était, ce soir-là, bien mis comme d'habitude, dans un costume trois-pièces prince-de-galles, élégant dans ses moindres mouvements pour savourer un « terre et mer » de homard mi-cuit au sabayon de champagne et filet mignon déglacé au Calvados. Comment pourrais-je oublier ? Je n'ai rien mangé. Il m'a regardée dans les yeux, sans haine ni colère, et m'a dit : « C'est ce que j'ai fait de toi. Une pute. Par vengeance. Pour avoir été de ceux, jusqu'à cette agression, qui se moquaient de mon homosexualité, chaque matin et chaque soir, dans le car qui nous emmenait et nous ramenait. »

– L'enfant de salaud ! grogne Buchanan.

Ils avaient oublié Edwards. Il est allongé sur un des sofas, caché à leurs yeux par le dossier. Ils n'entendent que sa voix toujours aussi chargée de haine.

– Salaud, salaud, c'est vite dit. Voilà une confession qui donne quand même à mademoiselle Artwell quelques bonnes raisons d'avoir trucidé McKay.

Woodward pose une main sur le bras de Melinda Artwell qui sursaute, perdue qu'elle était dans ses souvenirs et le chatoiement des braises.

– Melinda, avez-vous tué McKay ? Je pourrais le comprendre, vous savez, mais il faut que nous sachions, pour découvrir ce qui se passe ici.

– Woodward, avez-vous bien observé les lieux ? McKay a été étranglé par sa cravate prise dans la grille intérieure du monte-charge. Il fallait, pour que le piège fonctionne, que la cravate soit attachée à l'intérieur de la plateforme. Donc que quelqu'un se trouve dans la plateforme pour le faire. Or, quand McKay a été « pendu » par l'élévation du monte-charge, son corps a bloqué la plateforme à mi-chemin, rendant impossible de s'en extraire. Comment aurais-je pu piéger McKay et me sortir de là ?

La tête d'Edwards émerge du sofa.

– Et pourquoi n'auriez-vous pas d'abord tué McKay pour ensuite attacher sa cravate à la grille dans cette macabre mise en scène ? Je vous rappelle qu'un monte-charge, ça peut se commander de l'extérieur pour monter comme pour descendre.

Melinda soupire et secoue la tête, incrédule.

– Mais pourquoi m'en voulez-vous à ce point, Edwards ? Vous me croyez vraiment capable de tuer discrètement un homme de 240 livres et de le tirer jusqu'au monte-charge pour l'y attacher avec sa cravate ?

– Je vous crois tous ici présents, vous, Woodward et Buchanan, assez tordus pour avoir organisé ce petit jeu macabre.

– Vous perdez la tête, Edwards, et surveillez vos propos. N'oubliez pas que vous êtes le premier suspect dans la mort de votre femme, alors faites plutôt profil bas.

Edwards va répliquer, mais c'est le moment que choisissent Archibald et Eliot pour réapparaître.

Le gamin a les bras chargés de crackers et court vers Melinda pour les lui montrer.

– Mais pourquoi tu pleures ? s'inquiète-t-il.

– Ce n'est rien, répond-elle en le prenant sur ses genoux, juste un retour de vent dans la cheminée qui a rabattu un peu de fumée. Tu vas vraiment éclater tous ces crackers ?

Sans répondre, Eliot lui tend l'extrémité d'un des pétards et tire sur l'autre. L'amorce claque et le cracker se déchire, libérant ses cadeaux surprises. Une couronne en papier crépon, une breloque de Noël, un petit personnage en plastique et un message secret sur un papier roulé.

– Lis-le-moi ! exige Eliot en tendant le papier à Melinda.

Elle regarde avant de lire à voix haute et reste silencieuse.

– Lis-le ! Lis-le ! s'impatiente Eliot en sautant sur ses genoux.

– C'est une devinette… dit-elle en regardant Woodward et Buchanan.

– Lis-le, vite !

– *Que fait un boxeur avant de lacer ses chaussures ?*

– … Euh… je sais pas ! Je sais pas, répond Eliot, dis-moi !

– *Il enlève ses gants.*

Eliot réfléchit, fronce les sourcils, regarde ses mains, ferme les poings et se tourne vers Melinda.

– Mais comment il fait pour défaire ses gants avec ses gants ?

– Bande d'abrutis, hurle Edwards, ça vous amuse, hein ? Vous cherchez quoi, à monter mon fils contre moi ? C'est ça ?

– Calmez-vous, Edwards, vous croyez peut-être que nous avons fabriqué ces crackers ? C'est juste un hasard.

Eliot a passé la couronne en papier sur la tête de Melinda à qui il tend un autre cracker. L'amorce claque, et de nouvelles surprises se dispersent. Une autre couronne, qu'Eliot revêt aussitôt, une image de Santa Claus sur son traîneau, un autre personnage en plastique, et un autre message : *Ceux qu'on oublie n'oublient jamais.*

– Qu'est-ce que ça veut dire ? s'étonne Eliot d'une moue dubitative.

– Rien, Eliot, ça ne veut rien dire...

– Si, quand même, reconnaît Woodward, ça veut dire que nous ne sommes jamais à l'abri d'une vengeance à propos de quelque chose ou de quelqu'un dont on ne se souvient plus.

– C'est sûr que vu comme ça, ça devient très pertinent en ce qui nous concerne, murmure Buchanan.

– Ce ne sont que des aphorismes idiots, rien de plus, se moque Edwards.

– C'est quoi un aphorisme, Melinda ?

– Des paroles qui ne veulent rien dire, répond Edwards.

Buchanan, étonné, le fixe un long moment.

– Vous êtes pourtant le mieux placé d'entre nous pour vous convaincre du contraire.

Edwards ne répond pas et Eliot claque un autre cracker. Cette fois, il ne s'occupe ni du chapeau en papier ni du jouet ou de l'image. Il tend le message à Melinda qui le lit d'abord en silence et se trouble : *Est-ce que payer pour ses crimes annule sa dette ?*

Ils restent tous silencieux, dans le craquement des bûches et le sifflet des braises, puis chacun se saisit d'un cracker et l'éclate. *Qu'est-ce qu'un pistolet pas cher ? Une arme à six balles !* lit Melinda. *Qu'est-ce qu'une lavallière ? Réponse : une cravate,* murmure Woodward.

– Comment est-ce possible ? bredouille-t-il à voix basse.

– Quoi ? s'inquiète Edwards.

– Vous ne voyez pas que chacun de ces messages a un lien avec ce qui se passe dans ce manoir ? Le pistolet de McFarlane, la cravate de McKay, vos gants de boxe…

– Vous voulez dire que…

– Je ne sais pas ce que je veux dire, Edwards, je ne comprends rien à rien, mais la moitié de ces messages ressemblent à des rappels, et l'autre moitié à des menaces.

– Mais lesquels sont des messages de menace, nom de Dieu ? s'énerve Edwards.

– Ceux qui parlent de gens oubliés, de dette à payer, de crimes…

– Personne n'a tué personne, hurle Edwards, tout ça n'est qu'un ramassis de conneries de mauvais goût !

Buchanan bondit hors de son fauteuil, un doigt furieux pointé sur Edwards.

– McFarlane avait tué un gosse, McKay a poussé un restaurateur au suicide, votre femme a allongé votre fille pour le compte, vous prenez ça pour des conneries ?

– Je vous interdis d'insinuer que Linda a…

– Fermez-la ! hurle Woodward plus fort qu'eux. Fermez-la. Fermez-la, je vous en prie : c'est pire que ce que nous pouvons imaginer.

Tous se taisent et se rassoient, attentifs à ce que veut dire Woodward dont le visage se défait.

– Nos cadeaux…

– Quoi, nos cadeaux ?

– Nos cadeaux nous condamnent. McFarlane tue un gamin par balle, il meurt par la balle de l'arme qu'il a reçue en cadeau. McKay pousse un type à se pendre, il meurt pendu par la cravate qu'on lui a offerte. Linda a mis K.O. son enfant, elle est sonnée par des coups de…

– Vous pensez vraiment que…

– Oui, ceux qui sont morts ont été tués par leur cadeau.

Les mots de Woodward les tétanisent. Chacun se sent soudain prisonnier du manoir et de son passé.

– Et Eliot avec son tricycle ? demande Buchanan dans un murmure.

– Il n'est pas mort, comme pour nous faire comprendre qu'il n'est pas le responsable de la mort de sa petite sœur.

Un autre silence, pétrifié, soudain brisé par le rire de Melinda qui enfle et gonfle jusqu'à résonner dans tout le manoir.

– Je ne vois pas ce qui peut vous faire rire dans de telles circonstances, enrage Edwards.

D'un geste de la main, elle leur fait signe d'attendre qu'elle se maîtrise. Les épaules saccadées de sursauts qui lui remontent à la gorge comme de joyeux sanglots, elle s'explique enfin.

– Pardonnez-moi… c'est l'idée de mourir par le cadeau que nous avons reçu. Si je dois vraiment mourir de ça, alors…

Elle tire de son sac à main une petite boîte de velours rouge qui s'ouvre sur une bague. Un magnifique solitaire.

– C'est une bague de fiançailles. L'un d'entre vous me propose-t-il vraiment de mourir d'amour pour lui ?

Les trois hommes regardent la bague, sidérés.

– Pourquoi ne nous avez-vous rien dit à propos de cette bague ?

– Que vouliez-vous que je vous dise ? J'ai d'abord été étonnée d'un aussi beau cadeau, puis quand j'ai vu la piètre valeur des vôtres, je n'ai pas osé afficher le mien. D'ailleurs, je n'ai pas souvenir que vous nous ayez montré les vôtres, Woodward, ni vous ni Betty Coolridge. Et vous non plus, Buchanan, ni les jumeaux.

Chacun plonge dans ses souvenirs pour se remémorer l'ouverture des cadeaux. Les jumeaux disent que c'est nul de chez nul et vont bouder dans un coin du salon sans rien montrer. Chacun s'en souvient. Quand ils ouvrent leur paquet, Woodward et Betty Coolridge se regardent, étonnés, puis haussent les sourcils, amusés.

– Qu'est-ce que c'était ? insiste Melinda Artwell.

– Des produits de soins du corps, avoue Woodward.

– Quel genre ? s'amuse-t-elle.

– Des bains moussants. Le même pour chacun.

– Et vous, Buchanan, un livre, je crois ?

– Oui. *Amok*, de Stefán Zweig.

– Eh bien il n'y a plus qu'à essayer de comprendre comment on peut mourir de bain moussant, de littérature, ou de…

La voix des jumeaux l'interrompt. Ils les interpellent depuis l'étage.

– Hey, y a du monde en bas ? Ça fuit grave en haut !

– Y a de la mousse qui coule sous une porte !

Woodward réagit comme à une décharge de cent mille volts. Il bondit vers l'escalier en hurlant le nom de Betty. Un tel désespoir dans sa voix, une telle supplique et une telle colère à la fois. Buchanan court derrière lui et ordonne à Melinda de rester avec Eliot. Edwards ne bouge pas.

Woodward bouscule les jumeaux sans les voir et entre dans la chambre, libérant un flot de mousse. Le lit est vide. Il sait, il a déjà compris. Il se précipite dans la salle de bain et se fige. On ne voit de Betty que son visage blême et apaisé dans la mousse. L'eau qui déborde en fait dériver des icebergs légers rosis de son sang. Elle n'a laissé qu'une lumière indirecte. Tamisée par un abat-jour dans la chambre. Et Rod Stewart continue de chanter en sourdine.

Can you hear me? Can you hear me?
Through the dark night, far away
I am dying, forever crying
To be with you, who can say

Il éclate en sanglots. Elle est si belle. Si définitivement belle. Et ces paroles qui le crucifient.

Buchanan déboule en éclaboussant la chambre de ses pieds dans l'eau, bouscule Woodward qui ne réagit pas, et glisse sa main dans la mousse pour trouver le robinet et couper l'eau. Comme il va plonger le bras pour libérer la bonde et vider la baignoire, Woodward sort de sa stupeur.

– Ne la touchez pas !

– Woodward, elle est peut-être encore en vie…

– Elle est morte, Buchanan, vous ne comprenez pas ? Elle est morte comme nous allons tous mourir ici.

– Pourquoi devrions-nous mourir, Woodward ? Ne croyez pas à toutes ces histoires ! Betty…

– Ne prononcez pas son nom !

– … Madame Cooldridge s'est probablement suicidée, à moins que sa blessure ne se soit réouverte dans son bain.

– Elle est morte, Buchanan, et maintenant je ne saurai jamais comment elle a pu savoir…

– Savoir quoi ?

– Laissez-moi. Sortez, je vous en prie, et laissez-moi.

– Vous ne voulez pas que je vous aide à…

– Non, je le ferai moi-même. Je vous en supplie, laissez-moi.

Buchanan sort de la salle de bain.

– Si vous avez besoin de la moindre chose…

– Putain, Buchanan, vous ne comprenez rien ? Je ne veux plus voir personne. Tout ce cirque ne me concerne plus, fichez-moi la paix et fermez la porte en sortant.

Il reste seul, longtemps, en pleurs, à regarder le visage doux et serein de Betty. La Betty des silences après l'amour. La Betty des confidences à voix basse. L'amoureuse, la femme. La petite fille quelques fois. Avant qu'elle ne redevienne la maîtresse, la femme trompeuse. Il sait tout ça. Il le savait. Il aurait dû s'en douter. Il aurait dû l'écouter.

M'entends-tu ? m'entends-tu ?
Dans ma nuit, loin de toi

Moi qui meurs, moi qui pleure
Pour être avec toi...

Comment a-t-il pu aimer cette femme si souvent, bercé par cette ballade, sans jamais en comprendre les paroles ?

Il soupire, se reprend, et plonge sa main dans la mousse qui pétille et colle à son bras. Il soulève la bonde et regarde émerger le corps toujours désirable de Betty. Nageuse endormie qui s'échoue. Baigneuse assoupie. Il la prend dans ses bras et la porte jusqu'au lit où il la dépose avec douceur et recouvre sa nudité d'un drap pudique. Puis il tire une chaise, s'assied à côté du lit, et tient la main de Betty comme on veille quelqu'un d'aimé. Il ne dit rien quand Melinda Artwell se glisse dans la chambre et s'assied face à lui, de l'autre côté du lit. Après un long moment, il éteint la lampe de chevet et ils restent dans le noir. Puis il parle.

– C'est à notre tour de payer, dit-il enfin. Jennifer est morte, vous savez ? Comme Betty, les veines ouvertes dans sa baignoire. La même mousse. Je n'avais pas remarqué en déballant le cadeau, mais c'est le même parfum. Jennifer s'est ôté la vie à cause de Betty et je n'ai pas osé lui dire pour qu'elle ne s'en sente pas coupable. J'ai continué à jouer l'homme marié alors que nous aurions pu être libres de nous aimer. Je n'ai pas eu le courage. Betty me le disait. Je suis un homme qui divorce pour épouser des maîtresses qu'il trompe dès qu'il les a mariées. C'est pour cette raison, en fait, que je n'ai rien dit à Betty. Pour qu'elle ne me demande pas de l'épouser. Que je ne sois pas poussé à la tromper. Pour qu'elle reste ma maîtresse, même si je n'avais plus de femme. Mon unique amour. Je suis comme ça. Je conçois que c'est compliqué à comprendre, mais je l'aimais trop. Je me demande qui pouvait savoir pour Jennifer. Sa mort, le bain moussant, le parfum… Mais le message est clair : Betty a payé pour la mort de Jennifer, et je vais devoir payer pour la mort de Betty, c'est le sens de tous ces messages dans les crackers. J'ai reçu le même cadeau.

– Je vous en prie, Woodward, n'en faites rien. Maintenant que nous commençons à comprendre ce qui se passe ici, nous devons nous protéger les uns les autres.

– Vous voulez dire « les uns *des* autres », sourit-il tristement. Melinda, croyez-moi, vous ne risquez rien de moi, aucun de vous, et je me moque de ce qui peut m'arriver désormais. Soyez gentille, je vous remercie d'être venue et de m'avoir écouté vider mon sac, mais laissez-moi maintenant.

– Bien sûr. Y a-t-il quelque chose que je puisse faire pour vous ?

– Pouvez-vous me trouver quelque chose à boire ? Un bon whisky si c'est possible. Une bouteille. Je vais m'allonger à côté de Betty et boire à mon chagrin en écoutant Rod Stewart.

Melinda, émue, le laisse, et revient un peu plus tard avec une bouteille de Talisker Dark Storm

Single Malt que le majordome a sortie de sa réserve aux cuisines.

– Spécialement pour vous, précise Melinda, je crois qu'Archibald vous aime bien.

– Oui, c'est le problème de ce monde, murmure Woodward, tout le monde s'aime bien, mais bien peu osent s'aimer tout court. Remerciez-le quand même pour ce single malt de légende. Je crois que je vais me laisser glisser dans sa tourbe.

– Ne faites pas de bêtises, je vous en prie. Contrairement à ce que vous pensez de vous, vous êtes un homme bien, d'une certaine façon.

– Oui, sourit-il tristement. D'une certaine façon, c'est malheureusement là toute la différence.

Elle comprend qu'il a attendu pour s'allonger près du corps de Betty. Il ne veut pas qu'on le voie comme ça, alors elle le laisse. Buchanan l'attend en haut de l'escalier.

– Comment va-t-il ?

– Comme un homme qui veut suivre son amour.

– Vous croyez qu'il pourrait mettre fin à ses jours, lui aussi ?

– C'est sa vie, Buchanan, au point où nous sommes rendus dans cette soirée démente, occupons-nous plutôt de sauver les nôtres.

Elle le précède dans l'escalier et l'interroge au passage.

– À propos, et vous, qu'avez-vous reçu comme cadeau ?

– Une enveloppe.

– C'est tout ? De l'argent ? Des billets pour un concert ?

– Je ne sais pas. Juste une enveloppe à ne pas ouvrir avant le 26 décembre.

Elle s'arrête et se retourne pour le regarder.

– Et vous ne l'avez pas ouverte ? Vous n'êtes vraiment pas curieux.

– Étant donné les événements, je vais m'en tenir aux règles, même si je ne sais pas qui les fixe. Si je dois mourir par ce cadeau que j'ai reçu, rien ne presse.

– Quoi, auriez-vous envoyé des mots assassins à quelqu'un qui en serait mort ?

– Non. Jamais. Ce n'est pas mon genre.

– Alors de quoi avez-vous peur ?

– Je ne sais pas. De quelque chose que j'aurais fait sans le savoir. Ou sans m'en souvenir…

– Oui, vous avez peut-être raison de rester prudent.

Ils descendent quelques marches et c'est au tour de Buchanan d'interroger Melinda Artwell.

– Et vous, avez-vous égorgé quelqu'un d'un revers de main avec l'arête d'un diamant ?

– Certains de mes clients l'auraient mérité, mais je ne serais pas ici avec vous, dans ce manoir, si je l'avais fait.

Ils descendent jusqu'au salon où Eliot se jette dans les bras de Melinda. Edwards s'est endormi dans un fauteuil. Le personnel a débarrassé la salle à manger. Archibald est au garde-à-vous, dans l'encadrement de la porte.

– Est-ce que Monsieur Eliot serait intéressé par un train électrique ? Il me semble en avoir remarqué un dans une remise.

Eliot lève la tête vers Melinda et lui demande s'il peut. Cette question la bouleverse. C'est celle d'un gamin à sa mère. Elle cherche les mots justes pour contenir son émotion.

– Ton père s'est endormi, Eliot, mais je pense qu'il n'y verrait aucun inconvénient.

– Chic ! s'écrie le gamin.

Mais Melinda pose une condition.

– Archibald, étant donné les circonstances, je préfère qu'Eliot reste à portée de vue. Soyez gentil d'installer le train sur la table de la salle à manger, que je puisse garder un œil sur lui.

Archibald acquiesce d'un geste de la tête et demande à Eliot de l'attendre dans la salle à manger. Le majordome revient les bras chargés de plusieurs boîtes et commence à monter les rails avec le gamin. Buchanan se penche et les observe depuis le salon.

– Mon Dieu, c'est un Hornby ! Enfant, j'avais le même. La loco vapeur avec le tandem à charbon et les cinq wagons de marchandises, et la motrice avec les quatre wagons voyageurs et le wagon postal. J'ai rêvé des jours entiers sur ces jouets. Mon père avait construit un circuit très compliqué avec tout un décor fixe à même le plancher du grenier. Deux gares, dix aiguillages, trois ponts, deux tunnels. Gamin, je voulais devenir chef de gare ou conducteur de train !

– Et comment passe-t-on de chef de gare à médecin légiste ? demande Melinda.

– En oubliant son enfance, sourit Buchanan. En choisissant de gagner sa vie plutôt que de la rêver. Je suis issu d'une famille de médecins, père et mère. J'ai fait médecine par obéissance et facilité, par réflexe de classe, puis j'ai choisi la médecine légale pour être loin des gens.

– Vous auriez vraiment aimé être chef de gare ou conducteur de train ?

– Non. Mon rêve, c'était d'écrire. Reconstruire des vies imaginaires, redonner une histoire à des destins brisés. Je n'ai jamais osé. Je n'ai que quelques pages, par-ci par-là, des débuts d'histoire, quelques dialogues. Rien d'abouti. Et vous, je suppose que derrière votre enthousiasme de façade, vous vouliez faire autre chose de votre vie, non ?

– Oui. Gamine, j'avais deux rêves. Devenir la femme aimée d'un homme gentil, et être fleuriste. Avouez que ce n'était pas trop demander. Bon, assez parlé de nous, allez les rejoindre, je vois bien que vous en mourez d'envie !

– Je peux, vraiment, ça ne vous gêne pas ?

– Buchanan, à part Eliot, vous êtes le premier que je vois dans ce manoir, en ce jour de Noël, avec des étincelles d'envie dans les yeux.

– Merci, dit-il en se levant pour rejoindre la salle à manger.

Melinda Artwell se blottit dans le fauteuil, replie ses genoux, glisse ses pieds sous ses fesses et sourit à ses rêves d'enfance en regardant dormir Edwards, le front plissé par un cauchemar.

– Fleuriste ! se moque la voix railleuse d'Ainsley.

– Ah, vous étiez là, vous ? constate Melinda.

Elle ne les voit pas. Elle les devine avachis côte à côte dans un des sofas, cachés par le dossier.

– Vraiment, fleuriste, ce métier qui consiste à cisailler de la matière vivante pour décorer des tombes ou des tables ?

Melinda pourrait répondre que la floraison n'est qu'une étape passagère. Que couper les fleurs régénère la plante. Que son projet était d'ouvrir une boutique dédiée aux plantes en pot, mais elle n'en a pas le temps. La tête ébouriffée d'Ainsley dépasse du dossier.

– Vous saviez qu'un hortensia d'Afrique du Sud doit être envoyé par avion aux Pays-Bas pour être estimé aux enchères avant d'être réexpédié pour être vendu en Argentine ou en Pologne ?

– Et les roses de la Saint-Valentin ? s'indigne Kyle dont la tête apparaît à son tour. Pour fournir le marché de cette fête stupide, cent millions de roses sont produites sur les rives du lac Naivasha, au Kenya, au prix de son assèchement et de la disparition de sa population d'hippopotames, vous le saviez ? Ça vous donne toujours envie d'être fleuriste ?

Melinda s'en moque. Elle ne voulait pas cultiver des roses au Kenya. Ni même les acheter à Amsterdam. Elle voulait les élever dans un jardin clos dans la campagne d'Ullapool, du côté des gorges de Corrieshalloch et des chutes de Measach…

– Et alors, vous, les jumeaux, quel cadeau avez-vous reçu ?

– Qu'est-ce que ça peut lui faire ? se moque Kyle en s'adressant à Ainsley.

– Étant donné les événements, je pensais que…

– Dis-lui qu'on a reçu chacun un passe-montagne, si vraiment ça l'intéresse, répond Kyle.

– Un passe-montagne !

– Oui, chacun le même. Et comment elle pense qu'on va nous assassiner avec un passe-montagne ?

– Je n'en sais rien, mais il y a déjà quatre morts, et à votre place, je m'inquiéterais.

– Hey, Kyle, pourquoi elle ne s'inquiète pas, elle ? Elle a un joker, tu crois ? Une carte d'invincibilité ?

– Je ne m'inquiète pas parce que je n'ai rien à me reprocher. Je n'ai provoqué la mort de personne.

– Pourquoi elle dit ça ? C'est juste une série d'accidents…

– Si c'était une série d'accidents, alors oui, je m'en ferais, parce qu'un accident, par définition, ça arrive à n'importe qui n'importe quand. Mais là, ça tient plus du règlement de compte, de toute évidence, et personne n'a de compte à régler avec moi.

– Qu'est-ce qu'elle raconte ?

– McFarlane a tué un enfant d'une balle perdue, et il meurt d'une balle perdue tirée par un enfant.

McKay pousse un homme au suicide par pendaison, et il meurt pendu. Betty Coolridge a poussé la femme de James Woodward au suicide et elle se suicide, et Linda Edwards a poussé sa petite fille dans les escaliers et elle meurt en tombant dans les escaliers. Vous voulez un dessin ou c'est assez clair pour vous ?

– Ainsley, elle veut dire que…

– Que si vous n'avez pas de morts sur la conscience, alors vous pouvez continuer à jouer aux fantômes et faire les idiots !

La réaction des jumeaux la surprend. Ils se dressent sur le sofa, se regardent, et oublient Melinda Artwell.

– Il ne nous aura pas, Ainsley, je te le jure !

– C'est sûr, Kyle, je ne le laisserai pas faire.

Ils sautent par-dessus le dossier du sofa, s'enfuient vers le hall, et grimpent les marches quatre à quatre.

– Que se passe-t-il ? demande Buchanan attiré par le bruit et le mouvement.

– Je crois que j'ai fait peur aux jumeaux, sourit Melinda.

– Vous croyez qu'ils ont quelque chose à se reprocher ?

– C'est l'impression qu'ils donnent, en tout cas.

Eliot tire la manche de Buchanan pour qu'il revienne au train électrique quand un grand fracas et des hurlements se font entendre à l'étage. Buchanan demande à Melinda Artwell de s'occuper d'Eliot et se précipite vers l'escalier, suivi par Edwards que le vacarme a réveillé en sursaut. Ils débouchent dans le couloir des chambres et se figent.

– Qu'est-ce que vous fichez avec ça ? gronde Buchanan.

Les jumeaux ont fracassé les armures qui décoraient le couloir pour en récupérer les épées. Ils sont là, dans la pénombre, une épée chacun, brandie à deux mains.

– Ne vous approchez pas de nous, hurle Ainsley.

– On éventre le premier qui bouge, menace Kyle.

– Hey, on se calme, les jumeaux, d'accord ? tente Buchanan en avançant d'un pas.

Kyle le charge à grands moulinets de son arme.

– D'accord, d'accord, je ne bouge plus, concède Buchanan, bras écartés, en reculant d'un pas. Je veux juste comprendre ce qui se passe.

– Il ne peut pas comprendre, dit Ainsley. Personne ne peut. Qu'ils nous fichent la paix, on se débrouillera tout seuls. On a l'habitude. Pas besoin d'eux.

– Hey ! Lui, là, qu'est-ce qu'il fait ? hurle Kyle.

Buchanan se retourne pour suivre le regard du jumeau. Edwards a ramassé un bouclier et une masse d'armes et se jette sur Kyle en hurlant comme un dément. Ainsley s'interpose et frappe le bouclier d'un violent moulinet de son épée. Edwards titube. La jumelle en profite, revient à la charge, et frappe à nouveau. Edwards recule et perd l'équilibre.

– Arrêtez, bon sang ! supplie Buchanan.

Mais Kyle a rejoint sa sœur et les deux sont ivres de rage. Edwards trébuche. Il ne cherche plus qu'à se protéger de son bouclier en fer. Les coups redoublent, dans un fracas, fer contre fer, et chaque assaut repousse Edwards.

– Edwards, derrière vous ! hurle Buchanan.

Edwards recule sous les coups et ne voit pas l'escalier. Il pose son pied dans le vide et bascule à la renverse, sa chute alourdie par le bouclier. Il hurle de surprise et de peur, son corps désarticulé roulant et rebondissant contre le marbre froid des marches, et s'y brise la nuque. Mort sur le coup.

Attirée par les cris, Melinda se précipite à son secours.

– Que Madame s'occupe d'Eliot, je m'occupe de monsieur Edwards, dit Archibald en se précipitant vers l'escalier.

À l'étage, les jumeaux se retournent contre Buchanan. Ils sont hors d'eux, hystériques, les yeux injectés de sang.

– Hey, ne faites pas les cons, implore le légiste, ses mains comme seul bouclier.

– Dis-leur que s'il faut tuer tout le monde avant qu'on ne nous tue, alors nous le ferons, menace Kyle.

– Il a très bien compris, siffle Ainsley, s'il fait un geste, je lui fends le crâne.

Buchanan ne sait pas duquel se méfier en premier ni comment faire face à leurs épées de chevalier. Les jumeaux se sont écartés, pour le forcer à perdre l'un d'eux des yeux quand il surveille les mouvements de l'autre. Ils se rapprochent petit à petit. Kyle agite son épée à grands moulinets. Ainsley tient la poignée à deux mains, la lame en arrière, posée à plat sur son épaule, prête à lui trancher la tête.

– Dis-lui qu'on ne sait pas à quoi rime leur jeu de la mort, mais que ce sera sans nous. Que personne ne nous tuera. Que s'il y a un démon assassin parmi eux, ce n'est pas nous, mais que nous le deviendrons pour nous protéger.

– Il a compris, tu peux me croire. Ça se voit dans nos yeux, que nous ne plaisantons pas. Il le sait déjà. Il a compris qu'il va mourir. Que notre seule façon de nous protéger, c'est de les tuer. De les tuer tous…

– C'est fini ces conneries, oui ?

La porte s'ouvre et Woodward sort de sa chambre, la bouteille de whisky à la main.

– Si quelqu'un doit mourir, je vous garantis que ce ne sera pas Buchanan.

Il balance la bouteille à la tête de Kyle qui titube, et avance droit sur lui, arrachant au passage une hallebarde fixée au mur.

– Je vous préviens, crie Ainsley, vous faites un pas de plus et je vous décapite !

– Quoi, tu n'as donc rien compris ? hurle en retour Woodward. Tu crois que ma vie m'importe encore ? Tu crois vraiment que la perdre me fait peur ? Je suis mort et archimort déjà, vous ne le voyez pas ? Je vais vous détruire, vous massacrer, vous éventrer pour avoir osé troubler le dernier sommeil de Betty.

Il saisit la hallebarde par l'extrémité de son manche et la fait tournoyer au-dessus de sa tête. La lame à double tranchant frôle les jumeaux qui paniquent et reculent.

– Vous restez une seconde de plus dans ce couloir et je vous éviscère, c'est compris ? Rentrez dans votre cage et n'en ressortez plus jusqu'à nouvel ordre.

Un fracas métallique, une gerbe d'étincelles. Le tranchant de la hallebarde arrache l'épée des mains du jumeau. Buchanan comprend la manœuvre, s'en saisit, et se jette sur Ainsley en hurlant. Le frère et la sœur battent en retraite vers leur chambre en hurlant au secours et, dès qu'ils claquent la porte, dans un effort de taureau furieux, Woodward pousse contre le battant une des lourdes commodes qui décorent le couloir. Il récupère quelques instants, son visage plongé dans ses paumes ouvertes, soupire, puis se redresse et retourne dans sa chambre sans rien dire.

– Vous ne m'aidez pas à remonter Edwards dans la chambre froide ? s'étonne Buchanan.

Seule la voix éraillée de Rod Stewart lui répond, et Buchanan n'insiste pas. Quand il fait demi-tour, il sursaute. Archibald est là, juste derrière lui, dans son garde-à-vous cérémonieux et résigné.

– Monsieur désire-t-il que je l'assiste pour monter le corps de monsieur Edwards dans la chambre ?

– Non, Archie, ça va aller, j'ai l'habitude, j'en ai bougé de plus costauds que ça. Trouvez plutôt le moyen de nous débarrasser de tout cet attirail guerrier, dit Buchanan en désignant de la tête les restes épars des armures et de leurs armes.

– Monsieur devrait être rassuré, il ne reste plus grand monde pour s'en servir, lâche Archibald en haussant les sourcils.

Buchanan trouve l'ironie du majordome un peu limite, étant donné les événements. Hors de propos également. Le spleen et le désespoir de Woodward pourraient vite devenir agressifs ou suicidaires, et c'est sans compter que les jumeaux, ingérables et irresponsables, pourraient trouver le moyen de s'échapper à tout moment.

– Écartons quand même tout ce qui pourrait représenter un danger pour les survivants, conclut-il.

– Bien, Monsieur, je vais faire monter du personnel et trouver un débarras pour tout ça.

Ils s'éloignent quand la voix de Woodward rappelle Buchanan.

– Je vais vous aider pour ce fichu Edwards, mais après je veux que vous me fichiez tous la paix, quoi qu'il advienne.

Il les devance pour descendre l'escalier, saisit Edwards sous les bras, attend que Buchanan se charge des pieds, et ils remontent le corps jusqu'à la chambre froide pour le poser à même le sol.

– Merci, lâche Buchanan.

– Vraiment pas de quoi, répond Woodward. Tenez, vous en aurez sûrement plus besoin que moi.

Il tend au légiste le pistolet chargé qu'il gardait dans sa poche.

– Vous êtes dans le dernier carré, Buchanan, n'hésitez pas à vous en servir. J'ai bien peur que ce jeu macabre qui nous échappe ne laisse de place que pour un seul survivant.

– Vous voulez dire que Melinda, ou même Eliot, le gamin, pourraient aussi…

– Je n'en sais rien, doc. Il y a cinq corps dans cette chambre et je ne vois pas de raison pour que le carnage s'arrête.

– Dans ce cas, pourquoi ne pas rester avec nous pour nous entraider ?

– Buchanan, la raison m'en échappe, mais ce qui est sûr, c'est que ces cinq morts sont dus au fait que quelqu'un ou quelque chose nous pousse à nous entretuer. C'est aussi simple et brutal que ça. Alors je reste seul dans ma chambre. Au moins, j'y serai à l'abri de vous.

– Quoi, vous ne pensez quand même pas que je pourrais m'en prendre à vous !

– Vous croyez que McFarlane s'attendait à être abattu par une balle perdue tirée par Eliot ? Regardez la réalité en face, Buchanan, nous sommes les jouets de quelque chose qui nous dépasse.

Le légiste garde le silence un long moment, puis pose le pistolet sur le sol et le pousse du pied vers Woodward.

– Dans ce cas, gardez ça pour vous protéger, si vous croyez vraiment un des autres survivants capables de vous en vouloir.

Woodward regarde l'arme, puis soupire et se baisse pour la ramasser.

– Décidément, doc, vous ne comprenez rien à rien.

Il glisse l'arme dans sa poche, rentre dans sa chambre, et referme la porte.

Can you hear me? Can you hear me?
Through the dark night, far away
I am dying, forever crying
To be with you, who can say

I hear the calling from beyond
I feel the circle closing
I taste the blood of human
I give your life a reason
The snake that coils your soul

Ils sont collés l'un à l'autre, reliés par leurs écouteurs. Leurs têtes hochent en chœur le rythme hurlant du metal, dans une violente symbiose. Dans leur tête, c'est un fracas. Le chaos du groupe norvégien Mayhem qui porte si bien son nom. Un effondrement de bruit. Un collapse, un croulement, un vagissement martelé par une basse au marteau-piqueur. Les jumeaux marquent à s'en briser la nuque un rythme qui n'en est plus un. La sauvagerie d'un des pires groupes de tous les temps déverse en eux toute sa hargne et sa haine. On ne sait plus qui est qui dans ce vacarme délirant. Dead a remplacé Maniac interné en psychiatrie. Il empale sur scène des têtes de cochon et se vide en direct de son propre sang. Dead se suicide : « *Désolé pour tout ce sang* » et le reste du groupe aurait mangé son cerveau et fracassé son crâne pour faire des colliers avec les éclats. Puis Burzum, le bassiste, assassine le leader, Euronymous, de 23 coups de couteau parce que celui-ci avait prévu de le torturer à mort en direct devant des caméras vidéo. Le groupe survit. Maniac, sorti de l'asile, revient, avec Hellhammer comme batteur et Necrobutcher à la basse.

Ils écoutent les paroles de haine, de viol, de torture. Pas de pardon, pas de rédemption, Lucifer comme seul recours. Bientôt, ce n'est plus la fureur de la musique qui se déverse en eux, mais l'inverse. C'est toute leur hargne, leur colère, leur révolte qu'ils expulsent d'eux-mêmes. Tout ce que ce monde imbécile ne comprend pas d'eux. Tout ce dont on les moque, les avilit, les ostracise. Tout ce monde de merde qu'ils vomissent en musique avec Mayhem. Ce monde qui ne comprend rien d'eux, de ce qu'ils sont, de leur force, de leur destinée.

Comme ce péteux de Werner qui veut leur faire renoncer à leur première hivernale sur le Beinn Chìochan. Comment peut-on s'engager dans une telle escalade sans la volonté définitive d'atteindre le sommet ? C'est une belle ascension, osée, difficile, dans la neige et la glace, les yeux givrés par le vent et les poudrins. Dure, éprouvante, mais enivrante. Eux fonctionnent à merveille, enchaînant les longueurs sans même avoir à se parler. Lui ahane à l'arrière, ne prenant le relais que sur de trop courtes longueurs. Mendiant le moindre repos. Un poids mort, lui qui se prétendait alpiniste chevronné. À peine un randonneur. Ils vont aborder le crux, la portion la plus compliquée et la plus aléatoire de l'ascension, l'exploit magnifique qui déverrouille le chemin du sommet. Ainsley s'y engage, aérienne malgré son équipement. Suspendue. Araignée sur la glace. Kyle admire sa beauté, sa technique, son audace, son corps. Elle prend ses prises très exactement là où il l'aurait fait s'il avait ouvert la voie. Quand elle attaque le surplomb, elle danse avec la mort, renversée. Lui surveille sa progression depuis la faille où il a planté ses pieds pour assurer le relais. Il n'y a aucune raison pour que Werner ne le rejoigne pas. Aucune difficulté. Et pourtant il se fige, tétanisé par le crux que gravit Ainsley. Il dit qu'il ne pourra pas. Que c'est trop pour lui ! Que c'est trop pour eux aussi ! Que c'était de la folie ! Il s'agite. Agrippée au surplomb, Ainsley regarde Werner qui tire sur la corde pour empêcher Kyle d'aller plus loin. Ils n'échangent qu'un regard. Pas le moindre mot. Ils sont d'accord et ils le font. Kyle coupe la corde qui le relie à Werner et Ainsley reprend son ascension pour passer le toit. Werner panique. Il hurle sa peur, supplie, les implore et son pied glisse. Il bascule dans le vide et s'écrase sur un banc de glace dix mètres plus bas. Il s'est cassé quelque chose. Il ne peut pas se relever. Il reste sur le dos, bras en croix, à regarder Ainsley se hisser sur le toit et disparaître. La terreur lui cisaille la voix quand il devine que Kyle attaque le crux sur les traces d'Ainsley, sans un regard pour lui. Ils réaliseront ce jour-là une première hivernale qu'ils ne revendiqueront jamais. D'autres la réclameront de bonne foi un an plus tard…

Ils n'ont pas allumé. Ils écoutent le chaos du métal dans le noir et c'est elle qui la voit. Une lueur dehors. Une clarté jaune et feutrée sur la neige. Elle donne un coup de poing dans l'épaule de son jumeau pour attirer son attention, et ils se dirigent en attelage jusqu'à la fenêtre. Une lumière sur la droite. Un rectangle jaune. Ainsley ouvre la fenêtre et un vent glacial s'engouffre aussitôt dans la chambre. Ils basculent le torse en dehors, aveuglés par les valses des flocons, et se penchent pour savoir d'où vient cette lumière. Une fenêtre éclairée, à cinq ou six mètres sur la droite. Ils se regardent, puis rentrent et ferment la fenêtre.

– Tu penses comme moi ?

– Oui, regarde, dit-elle en désignant le mur.

Une eau-forte encadrée au-dessus de la tête de lit. Le manoir au temps de sa gloire. Un grand cèdre devant, et une lourde croix celtique dont le socle est entouré d'une grille en métal hérissée de pointes. La tombe d'un chevalier, peut-être. Et derrière, la façade. Un nombre impair de fenêtres. Sept par étage. Et pourtant, six chambres seulement à chaque niveau. Trois de chaque côté. Deux fenêtres chacune. Six fenêtres. À quoi correspond la dernière ?

– Nous sommes la dernière chambre au bout du couloir et de mémoire je n'ai pas vu d'autre porte après la nôtre.

– Sur quelle pièce donne cette fenêtre, alors ?

– Bonne question. Ça se tente…

– C'est parti.

Au rez-de-chaussée, Buchanan retrouve Melinda et Eliot dans le salon. La jeune femme, assise sur une méridienne près de la cheminée, les pieds repliés sous elle, parcourt les pages d'une version reliée du *Scottish Weekly*. Le gamin, à ses genoux sur le parquet, feuillette des exemplaires de *Scotland Nature* et s'extasie sur les publicités pour les voitures ou les photos de faune sauvage. Le légiste s'en émeut. Une scène entre Edward Hopper et Norman Rockwell. Il hésite à troubler leur quiétude et les ramener à la réalité. Eliot ne semble pas réagir à la mort de son père. Buchanan se demande comment fait Melinda Artwell. Comment cette jeune femme a-t-elle réussi à préserver le gamin de toute cette horreur ? Quand elle le devine et qu'elle lève les yeux vers lui, l'élégance de son mouvement, la finesse de son cou, la beauté de son regard le bouleversent. Méfie-toi, Buchanan, se dit-il, si ce réveillon est un jeu de massacre, il ne restera bientôt plus qu'elle et toi.

– Comment va Woodward ? demande-t-elle.

– Il est retourné s'enfermer dans sa chambre. Il a gardé l'arme avec lui.

– Et les jumeaux ?

– Nous les avons barricadés dans leur chambre.

Elle le regarde et il se trouble à nouveau, puis elle regarde Eliot avant de demander au légiste s'il parle des langues étrangères. Surpris d'abord, il comprend quand elle désigne Eliot d'un léger mouvement de tête.

– *Parlo un pò d'italiano...*

– *Dio mio, Buchanan, ho tanta paura, sai...*

Elle se lève, se blottit contre lui, et l'enserre de ses bras. Lui reste bras écartés, sans oser poser ses mains sur le dos nu de son décolleté. Puis il s'y abandonne et la serre contre lui. Alors elle lui parle, dans cette langue sensuelle qu'elle maîtrise, pour lui dire sa peur. Sa terreur. Elle ne sait pas pourquoi elle s'est attachée à Eliot, mais la vérité est qu'elle ne tient que pour lui. Pour lui éviter de réaliser le drame qu'il vit. Ses parents morts, et les autres morts autour. Et cette menace sur ceux qui survivent. Elle parle de malédiction, de sortilège, de damnation. De jugement dernier. De punition. Elle tremble contre lui maintenant. Il sent, sous ses paumes, les muscles de son dos qui se contractent pour rester debout. Il la soutient. Elle se tient à lui. Et maintenant, elle pleure en silence contre son épaule. Elle se demande ce qu'elle a fait et dont elle ne se souvient pas pour mériter le châtiment qui s'annonce. Elle ne veut pas mourir et il lui promet qu'elle ne mourra pas. Elle lui avoue sa peur et il jure qu'elle n'a pas à en avoir. Elle confesse sa vie de femme légère, mais proteste de son innocence et il lui assure qu'il la croit. Qu'il ne laissera rien lui arriver ! Ni à elle ni à Eliot. Elle le lui fait promettre, plusieurs fois, encore et encore, puis soudain se reprend, sèche ses larmes et ajuste sa robe que Buchanan, dans son émoi, a un peu froissée.

Archibald, qu'ils n'avaient pas remarqué, attendait qu'ils aient épuisé l'émotion de leur étreinte pour s'avancer.

– Nous allons nous retirer avec le personnel des cuisines, annonce-t-il d'un ton cérémonieux. Désirez-vous que nous préparions quelques petites choses pour la nuit, Madame ?

Melinda se tourne vers lui et lui sourit.

– Oui, c'est gentil, Archibald. Pouvez-vous prévoir un plateau de fromages et un peu de vin pour monsieur Buchanan et moi, et du pudding pour Eliot, s'il en reste ? Avec quelques bouteilles d'eau.

– Speyside de Glenlivet ou Gleneagles, pour l'eau, Madame ?

– Speyside, s'il vous plaît.

– Bien, Madame, et pour le vin, le même que pour le repas ?

– Il fera très bien l'affaire. Et, Archibald, s'il vous plaît, servez-nous ici dans le salon sur la table basse devant la cheminée. Merci.

– Pour votre plaisir, Madame…

Ils le regardent s'éloigner et s'assoient à même le parquet, de chaque côté de la table basse. Melinda Artwell récupère quelques chandelles qu'elle allume à la flamme du feu et qu'elle colle au verre fumé de la table basse.

– Si nous survivons, personne ne nous en tiendra rigueur, sourit-elle, et si nous mourons, cela n'aura absolument aucune importance.

– Je vous interdis de dire ça, murmure Buchanan en clignant des yeux du côté d'Eliot.

– On va mourir ? demande le gamin sans lever les yeux de son magazine.

– Bien sûr que non, promet Buchanan, mademoiselle Artwell dit des bêtises.

– C'est pas des bêtises, répond Eliot en tournant une page, papa et maman sont bien morts, eux !

Ils se regardent, puis regardent cet enfant étrange. Assez grand pour comprendre que ses parents sont morts, et qui semble n'en ressentir aucune émotion. Pas une once de chagrin. Ils n'osent imaginer la seule excuse à ce manque de peine. Une enfance si malheureuse que la mort de ses parents ne serait qu'une libération.

– *Che ne sarà di lui, se sopravvive a tutto questo ?*

Buchanan avoue qu'il n'en sait rien. Il n'a même aucune idée de comment eux-mêmes vont survivre à ce macabre réveillon, et les hypothèses qu'il envisage ne font qu'angoisser Melinda Artwell. Tout dépend s'ils survivent aussi. Tous les deux.

Ou l'un des deux. Mais quoi qu'il arrive, Eliot sera définitivement orphelin, condamné à une enfance d'errance d'orphelinat en institutions.

– *Non gli auguro questo per niente al mondo*, soupire Buchanan.

– Pourquoi serait-il plus malheureux en orphelinat qu'avec des parents qui le battaient ?

Buchanan ne répond pas tout de suite. Il laisse Archibald servir le plateau de fromages et le vin, et le pudding qu'il flambe pour la plus grande joie d'Eliot.

– Si vous le voulez bien, notre service est terminé et nous allons nous retirer, maintenant. Ce fut un réel plaisir de vous servir, malgré la tournure des événements. La tempête nous empêchant de circuler, nous allons passer la nuit dans un petit dortoir attenant à la cuisine. En cas d'urgence, mais d'urgence absolue seulement, vous pourrez, si vous le pensez nécessaire, me réveiller.

– Vous avez déjà assez fait pour nous étant donné les circonstances, Archibald, et nous vous en remercions. Nous allons essayer de survivre sans avoir à vous tirer du lit. Encore merci, Archibald, et joyeux Noël à vous et à votre équipe.

Le majordome les salue, recule de trois pas, puis se retourne et quitte le salon.

– *Cosa dicevi a proposito dell'orfanotrofio ?*

– Je voulais vous avouer que j'ai menti sur mon histoire, répond Buchanan en italien. La famille de médecins, ma vocation par respect des traditions familiales, tout ça n'est que mensonge. La vérité, c'est que je suis né dans les années 70 d'une fille-mère qu'on a obligée à m'abandonner et que j'ai été brinquebalé sans amour d'orphelinat-prison en familles d'accueil vénales toute mon enfance. Voilà pourquoi je ne souhaite ça à Eliot pour rien au monde.

– Qu'est-ce qu'il dit ? demande Eliot qui a entendu son prénom. Pourquoi il parle de moi ?

– Monsieur Buchanan dit que tu es un garçon adorable et très intelligent.

– Alors pourquoi il parle en étranger pour pas que je comprenne ?

– Parce qu'il y a des choses que les grandes personnes doivent se dire sans que les enfants l'entendent.

– Ah, d'accord, vous parlez d'amour alors. Vous êtes amoureux, c'est ça ? Vous parlez de choses sexuales !

– Eliot ! s'offusque Melinda en rougissant d'un large sourire. D'abord, on ne dit pas sexuales, mais sexuelles, et ensuite, non, monsieur Buchanan et moi ne parlons pas de choses sex… enfin, comme tu dis.

– Ben pourtant, lui il devrait, parce que toi t'es vachement jolie, et puis en plus c'est ton métier les choses sexuelles, et tu pourrais lui apprendre plein de trucs.

Ils ne savent pas quoi dire. Ils supposent qu'Erwen et Linda Edwards ont dû parler d'elle devant lui.

Ils osent à peine imaginer ce que le pauvre gosse a entendu. Ils le regardent retourner à ses magazines.

– Moi j'en ferai jamais des choses sexuales, dit-il en feuilletant les pages d'un reportage sur les monts d'Écosse en hiver. Les choses sexuales, ça fait mal. Après les choses sexuales, mes parents ils se faisaient toujours très mal.

– *Dio mio !* soupire Melinda Artwell, les larmes aux yeux.

Elle se demande comment un enfant, un petit garçon comme ça, un chérubin, peut entrer dans la vie avec de tels traumatismes. Elle n'ose l'imaginer plus grand. Préado à torturer des animaux, ado à malmener les filles, homme frustré d'amour à ne savoir ni en donner ni en recevoir. C'est peut-être déjà ça, cette froideur face à la mort de ses parents, cette absence d'émotion. Pas d'amour, pas de chagrin.

– Qu'est-ce que tu regardes comme ça ? demande Buchanan pour distraire Melinda de ses pensées qu'il devine si sombres.

– Les montagnes. Quand je serai grand, je voudrais être escaladeur.

– Escaladeur ?

– Oui, comme les jumeaux.

– Ils sont escaladeurs, les jumeaux ?

– Ben oui, regarde.

Il tend à Buchanan l'exemplaire de *Scotland Nature*. L'article parle de deux génies de l'alpinisme écossais qui ont ouvert deux ou trois voies en duo dans les plus difficiles massifs du pays. Le Ben Nevis, le Stob Coire Sgreamhach, l'Aonach Mor. Des ascensions de risque-tout, des voies improbables, critiquées par de nombreux alpinistes pour les dangers encourus. Trois années intenses à enchaîner les défis, puis plus rien. Les jumeaux sont passés à autre chose, laissant le monde de la montagne entre frustration et soulagement.

Buchanan feuillette le reportage, et Melinda Artwell se rapproche de lui pour regarder les photos. Les jumeaux sont là, sur d'improbables sommets croûtés de glace, sous des cieux lourds de neige et de menaces, à tirer la langue et adresser à l'objectif des signes sataniques. L'article dit qu'ils ne se lançaient que dans des hivernales. Jamais l'été. Jamais par beau temps. Ils ne prévenaient personne, ne revendiquaient rien, mais quelques ténors de l'escalade ont fulminé de découvrir leur signature sur une voie nouvelle qu'ils pensaient ouvrir.

Melinda Artwell n'en revient pas. Ces deux ados attardés à qui elle donnait à peine dix-sept ans, et qui ont provoqué le début des drames dans le manoir avec leur histoire débile de fausse tronçonneuse, sont en fait âgés de vingt-deux ans. L'article précise qu'après avoir quitté le monde de l'alpinisme, les jumeaux sont devenus champions du Royaume-Uni du jeu de guerre vidéo Battlefield 5. Et l'auteur de conclure qu'en alpinisme comme en jeux vidéo, la force de ce couple improbable, c'est la fusion totale de deux énergies autant sur le plan physique que psychique. HPI, autistes ou surdoués, le journaliste n'ose pas se risquer à une conclusion en ce qui les concerne, mais il reconnaît que le monde de la montagne s'est senti soulagé de les voir se passionner pour d'autres extrêmes.

Melinda observe les photos une à une. C'est en lisant une légende qu'un nom lui revient. Le Beinn Chìochan. Elle s'en souvient, un sommet de granit rouge dans les monts Grampians, dans l'Aberdeenshire. Elle a lu quelque chose. Là, dans la soirée. Il n'y a pas si longtemps.

Elle sort de la bibliothèque la compilation reliée du *Scottish Weekly* et la feuillette d'un doigt pressé. Les pages défilent. Elle s'en souvient maintenant. Un article sur la montagne. Un accident. Un mystère.

– Là ! dit-elle à Buchanan en pointant du doigt un article sur « *l'inconnu du Lochnagar* ». Ils expliquent un peu plus loin que c'est l'autre nom du Beinn Chìochan. Regardez. Lisez.

Elle tourne la lourde reliure en cuir vers Buchanan, de sorte qu'il puisse lire l'article. Le corps d'un jeune alpiniste, mal équipé, retrouvé décomposé au pied d'un surplomb rocheux, probablement blessé par une chute de dix mètres. L'autopsie révélera que les blessures consécutives à la chute n'avaient pas été mortelles et que le pauvre garçon avait dû agoniser dans le froid. Décédé probablement d'hypothermie, ou d'hémorragie interne, il avait eu tout le temps de se voir mourir. Personne n'a réussi à expliquer ce qu'il faisait sur cette voie difficile qui, de l'avis des professionnels de la montagne, n'avait encore jamais été ouverte en hivernale. On suppose que ce risque-tout s'est lancé en solo dans cette ascension impossible, qu'il a chuté à l'approche d'un crux infranchissable, et qu'il a préféré sectionner la corde qui le retenait dans le vide en espérant amortir sa chute sans se blesser dans une neige qui, en fait, n'était qu'un banc de glace. Ce n'est qu'un an plus tard, après la découverte de traces d'un passage au-delà du crux, que l'hypothèse a été émise d'un accident de cordée dans lequel le pauvre garçon aurait été abandonné par ses équipiers. Hypothèse jamais confirmée. Jamais infirmée.

– Vous ne pensez pas aux jumeaux, j'espère, murmure Buchanan.

– Vous y pensez bien, vous !

– Mais pour quelle raison ?

– Buchanan, toutes les victimes de ce macabre réveillon avaient une mort à se reprocher, et sont mortes à peu près de la même manière que leur victime grâce, ou plutôt à cause, du cadeau qu'ils ont reçu.

– Vous voulez dire que…

– Oui. Si les jumeaux sont responsables de la mort de cet alpiniste, alors ils sont condamnés à mourir abandonnés sans secours dans la neige.

– Mais nous n'avons aucune certitude qu'ils soient coupables de quoi que ce soit !

– Regardez les dates, Buchanan. Ils arrêtent l'alpinisme l'année où ce pauvre garçon se tue.

– Melinda, ça n'en fait pas d'eux des assassins pour autant.

– Je n'ai pas dit qu'ils étaient ses assassins. Peut-être ne l'ont-ils tout simplement pas secouru.

– Vous croyez qu'ils l'auraient abandonné et laissé mourir en continuant leur ascension ? Mais c'est contraire à tout l'esprit de l'alpinisme !

– Je n'en sais rien, admet Melinda, mais pourquoi pas ? Ils ont reçu en cadeau un passe-montagne chacun. Un équipement contre le froid. Un truc d'alpiniste. Ça ne peut pas être un hasard…

– Et que voulez-vous que nous fassions ? De toute façon…

Melinda Artwell comprend que Buchanan n'ose pas aller au bout de sa logique et devine pourquoi.

– De toute façon, s'ils doivent mourir de cette malédiction, ils mourront quoi que nous fassions, c'est bien le fond de votre pensée ?

– Oui, murmure Buchanan. Je m'inquiète plus pour vous et pour Eliot que pour ces jumeaux sataniques. Laissons leur destin décider de leur sort et occupons-nous de nous.

– Vous voulez dire les abandonner à leur sort ?

– Oui, c'est ça. Qui sait, peut-être faisons-nous partie du sortilège ? Peut-être qu'ils ne méritent aucune pitié, pas même la nôtre…

Melinda a du mal à assumer tout ce qu'une telle attitude suppose. Laisser mourir quelqu'un par abstention, c'est aussi le tuer un peu. Ce qu'ils s'apprêtent à faire, c'est ce qui est reproché aux jumeaux. Pareil. Et si les jumeaux le payent de leur vie, pourquoi pas eux ? Buchanan le comprend. La même logique le tourmente et les mêmes remords le taraudent. Mais il a sa réponse.

– Melinda, pour autant que je m'en souvienne, je n'ai provoqué la mort de personne, vous m'entendez ? Pas même par accident ni par négligence.

– De toute votre vie ?

– Écoutez, pour les Edwards, comme pour Betty Coolridge, McFarlane ou McKay, et même pour les jumeaux, à en croire ce que nous venons de lire, la mort qui leur serait reprochée date de Noël dernier environ. Mais même si je passe au crible toute ma vie, je n'ai aucune mort sur la conscience.

Melinda se doute bien de la question qu'il n'ose pas poser.

– Moi non plus, dit-elle, je n'ai pas mené une vie très chrétienne, mais je n'ai aucun crime à me reprocher. Ce n'est pas que je n'en ai pas souhaité, mais je n'ai jamais rien fait pour que ça arrive. Même mes parents, qui ne m'ont pas vraiment aimée et qui ont pourri ma jeunesse, je n'ai jamais souhaité les voir mourir. Ils sont décédés dans un accident de voiture pendant que j'étais à Positano, en Italie, sur la côte amalfitaine, avec un client. Leur Ford Escort a dégringolé une falaise sur la A 855, sur la côte nord de l'île de Skye. Mon père avait bu. Mauvais vin, mauvais vent. Morts sur le coup. Mais c'était il y a cinq ans, et au mois de mai…

– Alors nous ne craignons rien, conclut Buchanan. Montons de quoi manger et boire dans une chambre et restons bien unis tous les trois ensemble sans nous occuper des autres. Et tenons bon jusqu'à demain.

– On va tous dormir ensemble ? s'exclame Eliot. Chic alors !

Buchanan prend le plateau de fromages et la bouteille de vin, Melinda les bouteilles de Speyside, et Eliot récupère quelques chandelles au cas où le courant disjoncterait à nouveau. Ils montent à l'étage, comme une petite famille épuisée par une nuit de réveillon, et choisissent la chambre où Melinda a posé ses bagages. Buchanan accompagne Eliot dans la chambre des Edwards à la recherche de sa brosse à dents et de son doudou.

– J'ai pas de doudou, explique Eliot.

– Tous les enfants ont un doudou. Même moi j'en avais un, plaisante Buchanan.

– Moi, j'en ai pas. Maman voulait pas. Papa non plus…

– Comment tu t'endors, alors ?

– Je serre le coin du drap dans mon poing et je suce mon pouce.

– Ah, tu vois bien que tu as un doudou !

– C'est ça, un doudou ?

– Un doudou, c'est ce qui te réconforte et t'aide à t'endormir. Si c'est le coin du drap, c'est le coin du drap, ce n'est pas plus compliqué que ça !

Quand ils reviennent dans la chambre, Melinda sort de la salle de bain, en chemise de nuit, et se glisse dans le lit avec une pudeur qui étonne Buchanan.

– Melinda, j'ai un doudou ! annonce fièrement Eliot.

Confuse, Melinda glisse sa main sous son oreiller et en ressort un lapin en peluche aux longues oreilles élimées.

– Moi aussi. Je te présente Jack Rabbit, mon doudou depuis que je suis toute petite…

Buchanan sourit et n'ose aucune plaisanterie sur la surprise des clients de Melinda à la voir s'endormir avec Jack Rabbit dans les bras et en suçant son pouce.

Plus tard, quand Eliot s'est endormi, Buchanan éteint la lumière et s'assied sur le rebord du lit, tournant le dos à Melinda. Il reste silencieux et elle devine son tourment.

– Vous aussi, vous y pensez ?

– Bien sûr, comment pourrais-je faire autrement, puisque nous sommes ici ?

– Et vous ne trouvez rien à vous reprocher, c'est ça.

– Non. Rien…

– Moi non plus, murmure Melinda, et pourtant je cherche.

Encore un long moment de silence avant que Buchanan ne reprenne, d'une voix sourde, absente, comme perdue dans le labyrinthe de sa mémoire.

– Bien sûr…

– Bien sûr ?

– Bien sûr, il y a mon métier. Je confesse des morts. Je leur fais avouer des choses qu'aucun de leurs proches ne pouvait soupçonner. Des maladies, des addictions… Mais peut-on vraiment me punir pour ça ?

– …

– … Des enfantements, des avortements, toutes sortes de choses intimes sous la lame de mon scalpel, mais ils sont morts déjà, je ne suis pour rien dans ce qui leur a confisqué leur vie.

– Je ne sais pas comment vous pouvez supporter ce métier, avoue Melinda. La mort me fait si peur.

– La mort n'est pas un état, Melinda. On n'est jamais mort. C'est juste un passage. Soit de la vie à rien du tout, soit de la vie à autre chose. En fait, en dépit de la conjugaison, on devrait dire qu'on « a mouru ». On était vivant et on ne l'est plus.

– Vous croyez vraiment ? C'est si difficile à entendre.

– Je sais. Je passe mon temps à le dire à des gens qui en souffrent, qui ne veulent pas entendre ça, qui ne veulent pas savoir. Tout nous pousse à trop nous souvenir des morts. Pensez donc qu'il existe des pierres tombales avec un QR code à scanner pour voir défiler des photos et des vidéos du défunt !

– Vraiment ?

– Vraiment !

– Personne n'est prêt à oublier ses morts. On se sert même d'eux et du sentiment de culpabilité des survivants pour créer des communautés. Pourquoi croyez-vous qu'on creusait les tombes autour des églises, sinon pour rassembler la communauté ? Et quand l'État l'a disputé au clergé, pourquoi les villes ont-elles créé des cimetières, sinon pour garder les survivants près de leurs morts ?

– Vous croyez vraiment ?

– Melinda, nos religions se sont toutes construites sur de prétendues reliques. Des petits bouts d'os, un doigt, une dent. N'importe quoi pour ne pas oublier. Vous ne pouvez pas savoir combien de pauvres âmes me supplient de leur abandonner un petit quelque chose du corps de leurs morts. D'ailleurs, c'est peut-être ça…

– Ça quoi ? s'inquiète Melinda en se tournant vers lui dans les draps qui se froissent.

– Ça, ma façon de leur dire. De leur annoncer. De ne pas vouloir prendre de précautions oratoires. Maintenant que j'y pense, je suis souvent direct avec les personnes endeuillées. Dur, même, quelquefois. Comme cet homme… oui, c'est peut-être ça… Seigneur Dieu, je comprends maintenant.

Melinda se redresse dans son lit. Elle est assise dans son dos, désormais.

– … Cet homme… Sa femme s'était donné la mort et je lui ai tout dit, à force de l'entendre insister. Il pleurait. Il pleurait tellement ! Je lui ai dit ce qu'elle avait pris pour mourir et comment elle s'était assuré que l'enfant mourrait lui aussi.

– Quel enfant ?

– Celui qu'elle portait. C'était idiot, parce que le fœtus n'avait pas deux mois et qu'il n'était pas viable, évidemment. Il n'avait aucune raison de l'apprendre, mais je lui ai dit quand même, par routine, par fatigue, par habitude. Il s'est effondré. Une semaine plus tard, j'autopsiais son corps. Il s'était pendu.

– De chagrin ?

– De colère, d'amertume, de déception… Il avait subi une vasectomie dix ans plus tôt. Il ne pouvait pas être le père de l'enfant. D'une certaine façon, il est mort par ma faute. Peut-être est-ce de ça que je dois rendre compte aujourd'hui.

– Personne ne peut vous accuser d'avoir tué quelqu'un en lui disant la vérité…

– Allez savoir !

Melinda Artwell ne répond pas tout de suite. Elle appuie sa tête sur l'épaule de Buchanan. Pour se voiler les yeux, comme à confesse.

– Dans ce cas, moi aussi… Ce jeune homme de bonne famille, riche entrepreneur, qui s'offrait mes services et est tombé amoureux de moi. Il a fini par me voir tous les jours de la semaine, par me couvrir de cadeaux, par vouloir m'épouser… Il pensait que j'avais un proxénète, voulait me racheter, abandonner femme et enfants pour refaire sa vie avec moi. Il a dilapidé son argent. Le sien, celui de sa famille, celui de son entreprise, et j'en ai profité. Je l'ai laissé faire. Je l'ai laissé croire.

Et il a tout perdu. L'amour des siens, le respect des autres, sa maison, son entreprise…

– Il s'est… ?

– Oui. Sa Ferrari contre un semi-remorque, dans une ligne droite, à cent quatre-vingts, sur la A9, entre Perth et Inverness. Officiellement par surmenage et excès de drogue. Mais moi je sais, maintenant… Nous nous étions vus dans l'après-midi, il m'avait avoué avoir tout sacrifié pour moi, et je l'ai rejeté, rabaissé, humilié. Je l'ai fait parce que je l'aimais beaucoup moi aussi et que j'étais une relation toxique pour lui. Il s'était repris, avait séché ses larmes, rajusté son costume et ses cheveux et m'avait posé une liasse de cinq mille livres sur la table de nuit. J'ai longtemps cru qu'il avait eu un accident en rentrant chez lui, mais si je suis ici et que je dois payer pour la mort de quelqu'un, alors ça ne peut être que pour lui.

Buchanan se retourne et prend Melinda Artwell dans ses bras pour la serrer contre lui. Elle cache ses pleurs au creux de son épaule.

– Ça ne peut pas être ça, murmure Buchanan dans les cheveux de la jeune femme. Cet homme a brûlé sa vie de lui-même, vous n'étiez que la main du destin, jamais vous n'avez voulu ce qui est arrivé…

– Je ne sais pas… Vous non plus n'avez rien commis de répréhensible. Vous n'avez fait que dire la vérité. Sa femme l'avait trompé, pas vous…

Il lui demande de s'écarter un peu. Elle se glisse vers le milieu du lit et il s'allonge à ses côtés par-dessus les couvertures. Il tire un oreiller sous sa nuque, et elle pose la tête sur sa poitrine comme si elle voulait écouter son cœur.

– Est-ce que ça compte si on ne tue personne, mais qu'on y a juste pensé très fort pour que ça arrive ? demande Eliot dans le noir, la voix étranglée de sanglots.

Ils ont ouvert la fenêtre. La tempête s'est installée dans le temps. Le vent s'est calmé. Plus de fureur, plus de tourbillons. Les bourrasques ont disparu. Et c'est pire. La neige tombe en rideau continu, lourde, dans un silence et un calme redoutables, comme s'il devait neiger des siècles durant. Le ciel, que la nuit a effacé, n'est plus qu'une invisible absence. Il se vide pour tout ensevelir. Éternellement. Le monde et les âmes.

Ils connaissent ça. L'obstination brutale de la nature. Ils l'ont souvent affrontée en montagne et ça ne les effraie plus. Ainsley, grimpée sur le rebord de la fenêtre, observe le paysage. Il est tombé au moins trois mètres de neige. La poudreuse a enseveli le rez-de-chaussée et atteint presque le bas des fenêtres de l'étage. Ils ont repéré d'où vient la lueur. Une fenêtre éclairée, au second, sur leur droite. Peut-être qu'à cet étage le couloir est plus long et dessert une chambre de plus, mais ils en doutent. La lumière aperçue la première fois venait bien d'une fenêtre maintenant éteinte, sur leur droite, à leur étage.

– Peut-être le personnel de cuisine, suppute Kyle.

– Non, j'ai entendu le larbin de service expliquer qu'ils logeaient dans un dortoir, du côté des cuisines. C'est dans une dépendance. Pas au château.

– Ceux qui tirent les ficelles, alors ? Qui s'amusent à nous dézinguer ?

– Pourquoi pas ? Je vais aller voir.

– Je te suis, mais sois prudente, je n'ai pas de corde pour t'assurer.

– Regarde autour de toi, cette poudreuse est si épaisse que je pourrais tomber de dix mètres sans me blesser.

– Prends garde, quand même.

– Ce n'est même pas de l'escalade, Kyle, tout juste de la varappe.

Elle tire son passe-montagne sur son visage, se retourne dos au vide, trouve de ses doigts un relief ou un défaut dans la façade, cherche ses appuis, et soudain s'élance et disparaît dans la nuit vers les hauteurs du second étage. Kyle monte à son tour sur le rebord de la fenêtre et surveille son ascension. Il apprécie son style. Son rythme. Elle monte sans hésitation. Une danse acrobatique et verticale. Chaque prise anticipée. Chaque geste enchaîné. Élégante et puissante. Sa sœur, sa jumelle, son tout. Son autre vie et sa pareille à la fois. Elle fait prise de toute saillie. Dés en pointe et bandeaux. Frises, architraves, pilastres. Tout sert à sa progression sûre et régulière.

D'un souple mouvement qu'on croirait sans force, elle se rétablit sur l'entablement qui court sous les fenêtres du second étage. D'elle ou de la façade, Kyle ne sait plus lequel appartient à l'autre. Elles font corps. Elle se retourne pour le saluer de la main, face au vide, dos à la façade, en équilibre, les talons posés sur les dix centimètres d'une corniche. L'impression que seule son autre main la ventouse au manoir. C'est le moment que choisissent les occupants de la chambre mystérieuse pour éteindre.

– Tu reviens ?

– Non. Je vais aller voir quand même. S'il le faut, je casse la vitre et j'entre.

– Et s'ils ont éteint parce qu'ils se sont couchés ?

– Alors je leur offrirai le réveil qu'ils méritent.

Il lui reste quinze mètres à parcourir. Elle le fait sans changer de position, en glissant pas à pas sur le côté, face à la nuit matelassée de neige, dos contre la pierre. Lui la surveille. Un mètre avant d'atteindre la fenêtre éteinte, elle se retourne et se plaque au mur pour s'approcher. Elle passe la tête pour risquer un regard, mais la vitre noire ne lui renvoie que son reflet. Même le front collé au verre, elle ne devine rien de l'intérieur. Le passe-montagne lui tient chaud, mais le froid lui glace les doigts. Elle les frotte sur son jeans pour les réchauffer avant de risquer une prise de l'autre côté de la fenêtre. Kyle pense qu'elle est imprudente. Qu'elle s'expose. À travers les flocons qui affaissent le ciel en continu, il la devine plus qu'il ne la voit. Elle est écartelée devant la fenêtre, la pointe des pieds calée de chaque côté dans le coin du dormant et de la traverse basse, les doigts pincés à gauche et à droite sur les paumelles supérieures. Quand la neige redouble, Kyle la perd de vue et décide d'y aller à son tour. Il monte d'abord jusqu'à la même corniche qu'Ainsley, mais ne cherche pas à la rejoindre par ce chemin. En équilibre sur cette fine corniche, il n'aurait aucun appui ni aucune prise pour l'assurer et la retenir en cas de chute. Il préfère grimper jusqu'au toit. Les gouttières sont des chéneaux en pierre posés sur un entablement. Il est sûr qu'elles supporteront son poids. Il s'y agrippe, balance son corps de gauche à droite, puis lance sa jambe, accroche le chéneau, et se rétablit comme il l'aurait fait pour franchir un petit surplomb. Par chance, le toit pentu a laissé glisser la plus grande partie de la neige. Mais il en reste assez pour qu'il s'y enfonce jusqu'aux genoux quand il se redresse. Il la déblaye de ses pieds pour atteindre la pierre et tester sa solidité. Conforté, il assure son équilibre et marche jusqu'à hauteur de la fenêtre à laquelle s'accroche toujours Ainsley.

– Je suis là, dit-il.

– Je sais, je prends la neige que tu dégages sur la tête.

– Désolé. Tu vois quelque chose ?

– Non.

– Il y a une lucarne sur le toit. Je pense qu'elle donne sur cette chambre. Je vais voir. Tu peux tenir encore un peu ?

– Je peux…

Il se plaque sur le toit d'ardoises, cherche et trouve sous la neige des appuis et des prises sur des lanternes et des chatières, et se hisse jusqu'à la lucarne.

– Si tu continues à me balancer ta neige, je vais finir par lâcher.

La voix d'Ainsley monte du vide, étouffée par la neige qui continue de tomber. Kyle plaque son visage contre la vitre quand la lumière s'éclaire soudain à l'intérieur. Surpris, il perd un appui et glisse aussitôt vers le vide où Ainsley est suspendue. Mais il réussit à pivoter sur lui-même, tête en bas, et plante ses deux bras dans la rigole de la gouttière pour stopper sa chute. Il est juste au-dessus d'Ainsley. Sa tête dépasse du toit et il peut la voir. Il laisse ses jambes glisser sur le côté jusqu'à les caler dans la gouttière et tend le bras vers sa sœur.

– Attrape ma main, je vais t'aider à te hisser jusque sur le toit. Nous y serons plus à l'abri.

Ainsley ne répond pas. Son visage, éclairé par la lumière de la pièce, sidère Kyle. Elle est pétrifiée. Horrifiée.

– Ainsley ! supplie Kyle, au bord du déséquilibre, pour tenter de saisir sa main.

Elle ne bouge pas, seul son regard s'épouvante quand la fenêtre s'ouvre de l'intérieur. Ainsley reste tétanisée, incapable du moindre geste, du moindre mot. Et soudain une brusque explosion, silencieuse et lumineuse, la souffle bras en croix à travers la neige suspendue jusqu'au tronc du grand cèdre. Elle s'y brise le dos et retombe, assommée, comme une chiffe, dans la poudreuse qui l'engloutit.

Kyle est sidéré à son tour. Ce n'était ni une boule de feu, ni vraiment un souffle. Juste une puissance inexpliquée, une force mystérieuse. Il regarde, bouche bée, le trou noir laissé dans la neige par le corps disparu d'Ainsley. Il s'y est enfoncé d'au moins deux mètres. Alors il hurle le prénom de sa sœur de toutes ses forces pour qu'elle lui dise qu'elle est encore vivante.

– Ainsley ! Ainsley, réponds-moi ! Qu'est-ce que c'était ? Tu vas bien ?

La voix lui parvient étouffée, par la douleur et l'épaisseur de la neige.

– Kyle, je ne peux plus bouger. Je me suis brisé quelque chose. Je ne sens plus mes jambes, Kyle.

– Ne bouge pas, ne bouge surtout pas, j'arrive, je vais t'aider.

– La neige est trop profonde, Kyle, tu ne pourras pas…

– Tais-toi et écoute-moi, c'est justement parce que la neige est profonde que je vais pouvoir le faire. Je vais sauter à côté de toi, bras et jambes écartés pour m'enfoncer le moins possible, et je vais te tirer de là.

– Kyle, tu ne pourras pas.

– Bien sûr que si. Pourquoi je ne pourrais pas ?

– Parce que… parce que c'était Werner, Kyle.

Il pense avoir mal entendu. Qu'Ainsley a mal articulé à cause du froid. Que la neige a étouffé ses mots. Que la douleur a brisé sa voix. Puis l'évidence le rattrape. La neige et le froid. Et eux deux. Et Werner, si c'est bien ce qu'Ainsley a dit.

– Pourquoi parles-tu de Werner ?

– Derrière la fenêtre, c'était Werner. C'était lui, gémit Ainsley. Il était mort, gelé, allongé sur le parquet glacé.

– Mais…

– C'était lui, Kyle, et il a explosé quand il a ouvert les yeux pour me regarder.

– Calme-toi, Ainsley, ça n'a pas de sens. Werner est mort dans le Beinn Chìochan. Son corps a été retrouvé et enterré un an plus tard. Ça ne peut pas être lui. Tu as eu une hallucination, c'est tout. Le froid et la fatigue, je suppose, et ce manoir flippant. Calme-toi, j'arrive.

Il hésite à se laisser glisser jusqu'au rebord de la fenêtre, pour sauter de moins haut, mais préfère ne pas prendre le risque. Il ne sait pas quelle force a projeté Ainsley à six mètres de la façade, et ne veut pas provoquer une autre mystérieuse explosion à son tour. Il préfère se mettre debout, sur le bord de la gouttière, comme un plongeur. Il se concentre un instant, pour maîtriser son saut et sa peur. Il lui faudra tout donner pour se projeter le plus loin possible et retomber au plus près d'Ainsley. C'est au moment même où il saute, quand il traverse les flocons bras et jambes écartelés, alors qu'il cherche à planer à travers la nuit, qu'il s'en souvient. Le calvaire. Le calvaire sur la gravure. La croix nimbée. Son corps s'enfonce et traverse la neige poudreuse et il se fracasse la hanche contre la branche en granit de la croix celtique ensevelie. Il rebondit en pirouette et retombe un peu plus loin, sur le dos, face au ciel. Tout se ralentit et il le sait. Il n'y peut rien, plus rien, mais il le sait déjà. Il l'a vu sur la gravure. C'en est fini de lui. Il traverse la neige dans un crissement verglacé et s'empale de dos sur les pics de la grille qui entoure la croix.

Il ne crie même pas. Il ne ressent aucune douleur. Le choc et le froid l'anesthésient.

– Ça va, Kyle ?

La voix d'Ainsley est faible, et ça le tue aussi. Ils sont maintenant immobilisés tous les deux, blessés, à quelques mètres l'un de l'autre, et lui ne pourra rien faire pour elle.

– Ainsley, je me suis explosé sur la croix en pierre cachée sous la neige. Tu te souviens, celle de la gravure.

– Tu es blessé ?

– Oui.

– Grave ?

– Oui. Tu te rappelles la grille autour de la croix ?
– Oui.
– Je me suis empalé dessus, petite sœur.
– Merde. On va mourir, alors ?
– Faut croire.
– Comme Werner ?
– Comme Werner.

Tout n'est que silence autour d'eux. Les flocons se déversent sans un bruit depuis le ciel invisible. La neige molletonne le paysage et étouffe le moindre son. Les mots d'Ainsley et Kyle se feutrent, sans écho, et s'éteignent d'eux-mêmes dans le vide insonore de la nuit.

– Frangin, tu m'entends ?
– Oui.
– C'était ça, alors ?
– Quoi ?
– Leur histoire de vengeance. On meurt tous comme on a tué quelqu'un.
– J'ai bien peur que oui, sœurette. On va mourir comme on a laissé mourir Werner, blessés dans la neige, sans aucun secours.

Il rit puis il tousse et elle devine qu'il souffre.

– Tu imagines ce que ça doit donner ?
– Quoi ?
– Nos voix qui sortent de la neige. Des paroles de fantômes à ficher la trouille à tout le monde.
– …
– Tu es toujours là, frangine ?

– Oui. Je ne sens plus rien. Le froid m'engourdit. Et toi, tu as mal ?

– Oui, ça se réveille… Hey, sœurette ! Tu te souviens de ça ?

Du trou de neige de Kyle monte une comptine écossaise.

Trois corbeaux au cœur de l'hiver
se posent sur un mur,
se posent sur un mur,
en pleurant père et mère…

Un souffle invisible agite les flocons. Ils dansent un instant au rythme de la comptine, dans le silence de la nuit, avant que la voix faible d'Ainsley ne s'élève à son tour hors de la neige.

Le premier au cœur de l'hiver
Tombe et se casse le nez,
Tombe et se casse le nez,
Et pleure après sa mère…

Du fond de son trou, Kyle devine qu'Ainsley maîtrise sa peur. Il devine le faible sourire dans sa voix. L'attente de son couplet.

Le second au cœur de l'hiver
A trop froid pour voler,
A trop froid pour voler,
Et pleure après son père…

Ils savent tous les deux comment se finit la comptine. Le dernier couplet. Celui qui n'a pas de suite. Alors ils le chantent ensemble.

Le dernier au cœur de l'hiver
N'a jamais été là,
N'a jamais été là,
N'a jamais été là,
N'a jamais été là...

C'est Kyle qui se tait le premier. Elle l'entend tousser une dernière fois. Il murmure son nom, *Ainsley*, puis plus rien. Elle devine que la neige le recouvre déjà, comme elle. Dans la montagne, ils se seraient encouragés pour ne surtout pas s'endormir. Mais là, c'est impossible. C'est fini. Elle pleure. Elle rassemble ses dernières forces.

– Werner ?... Werner, tu m'entends ? Werner, si c'est toi là-haut, je m'excuse pour Kyle et moi... Dis-moi que tu nous pardonnes, Werner... Je t'en prie, pardonne-nous.

Alors, d'en haut, d'au-delà de son tombeau de glace, à travers la neige qui couvre son visage, elle reçoit sa délivrance.

– Oui, je vous pardonne ! dit la voix.

Dans un profond soupir, rassurée, Ainsley s'endort alors pour mourir et rejoindre Kyle.

Au premier étage du manoir, par la fenêtre ouverte, les larmes aux yeux, Woodward regarde tomber la neige sur l'endroit d'où montaient les voix des jumeaux.

– Je vous pardonne à tous, murmure-t-il en refermant les venteaux.

Il se retourne vers le lit où Betty semble dormir, apaisée et heureuse, la rejoint, sort le pistolet de sa poche, le garde à la main, se glisse dans le lit, embrasse la joue de Betty, éteint la lumière, cherche de la main son oreiller, le pose sur son cœur, y appuie le canon de son arme, et tire.

Ils se réveillent dans la chaleur de leurs corps emboîtés. Ils sont nus. Lui la serre contre son ventre, elle retient sa main contre sa poitrine.

– Bonjour, mon amour.

– Joyeux Noël, chéri.

Le gamin est déjà debout. Il s'est glissé en silence entre les rideaux et la fenêtre. Quand il les entend, il se retourne, tout excité.

– Il a neigé ! Il a neigé !

Il tire les rideaux et le matin ensoleillé les aveugle. Tout le jardin est saupoudré d'un fin voile de neige. Le givre a ciselé les arbres et les massifs. Le grand cèdre bleu est bourrelé de blanc, et les piques dorées de la grille, autour de la croix celtique, brillent d'un éclat mat dans le soleil rasant. Ils ont rejoint l'enfant, nus, tirant sur eux un large plaid écossais qui les recouvre tous les trois. Le gamin, tout au bout, a pris le coin de la couverture dans son poing et suce son pouce. De son autre main, il serre contre sa poitrine un lapin en laine aux oreilles effilochées. Quand les parents s'embrassent face à tant de beauté, il les enlace et se colle à eux.

Une heure plus tard, leurs bagages sont faits et ils descendent prendre leur petit-déjeuner. Le majordome et le personnel en tenue les attendent dans la salle à manger. Œufs-soleil et bacon de l'Ayrshire, morning rolls et toasts, quenelle de sole et mousse de truite, champignons et haricots rouges, saumon…

– … fumé au bois de hêtre et de chêne pendant au moins trois jours dans un four en briques, et salé au sel sec, précise le majordome.

Et bien sûr une tranche de haggis de Noël. Pour l'enfant, du porridge, du Christmas pudding, des marmelades, du miel, du thé au lait et des jus de fruits frais.

Sous le regard attentif du majordome, le personnel les sert et se retire à bonne distance.

La femme tend la main par-dessus la table et fait scintiller le diamant de la bague à son doigt.

– Chéri, merci mille fois pour ce cadeau magnifique. Je t'aime comme au premier jour.

Il prend ses mains dans les siennes et baise ses doigts sans la quitter des yeux.

– Est-ce que je peux ouvrir le mien, maintenant ?

– Bien sûr.

Il prend la lettre dans sa poche et la décachette avec précaution. Un voyage peut-être, un billet d'avion. Une escapade au bout du monde tous les trois. Mais c'est autre chose. Une dizaine de pages.

Il les déplie et, quand il lit les premières phrases, pleure en silence.

– Comment as-tu fait ? murmure-t-il dans un sanglot, étranglé par l'émotion.

– Une cliente au Jardin. Je fleuris souvent ses réceptions quand elle vient dans la région. Elle est éditrice à Londres. Je lui ai parlé de ton amour des livres, de la littérature, des mots. Elle lance une collection noire et cherche des auteurs. Elle dit que ta profession est très en vogue dans le monde du polar.

– Mais je n'ai rien à lui proposer !

– Ton métier et ton envie d'écrire lui suffisent. Elle fait confiance à mon jugement quant à ton talent et tes qualités. C'est un contrat pour un livre que tu n'as plus qu'à écrire. Te voilà bientôt écrivain, mon amour.

Depuis la porte, le personnel au garde-à-vous observe cette tendre scène. Un des serveurs se penche discrètement vers le majordome.

– Ils ne se souviennent vraiment de rien ?

– De quoi voudriez-vous qu'ils se souviennent, monsieur Krampus ?

– Mais de tout ce qui s'est passé ici hier soir et cette nuit, tous ces morts, tous ces accidents, ces suicides…

– Fermez-la et suivez-moi, Krampus. Et essayez de chanter juste.

Sur un geste de la tête, le majordome commande au personnel de le suivre jusqu'à la table.

– Si Madame et Monsieur nous le permettent, je voudrais, avec messieurs Klaus Krampus et Peter Blackman, ainsi qu'avec mademoiselle Kristina Befana, vous souhaiter un joyeux Noël.

– C'est très gentil de votre part, répond la femme, et permettez-moi…

Ils ne lui laissent pas le temps de répondre. Le majordome se redresse et bat la mesure : trois… quatre…

We wish you a merry Christmas
We wish you a merry Christmas
We wish you a merry Christmas
And a happy New Yeeeaaarrrrr!

L'enfant applaudit et les parents aussi.

– Nous vous souhaitons un joyeux Noël à notre tour, dit l'homme, et nous vous remercions pour ce délicieux réveillon. Sans aucun doute le meilleur que nous ayons jamais passé ensemble tous les trois.

– Et pourtant, je réalise maintenant que ce n'était pas gagné, ajoute la femme dans un grand éclat de rire.

– J'ai peur de ne pas comprendre, s'inquiète le majordome.

– Eh bien, je suppose que vous connaissez chacun le sens de votre nom, n'est-ce pas ?

Devant leur étonnement, elle hésite puis s'explique.

– Pour commencer, Peter Blackman me fait vraiment penser à Zwarte Piet…

– Connais pas, coupe Blackman.

– Madame a raison, intervient le majordome. Zwarte Piet est, en Belgique et aux Pays-Bas, l'opposé du père Noël. Il enlève les enfants qui n'ont pas été sages pour les abandonner dans les déserts d'Espagne après une bonne fessée au bâton.

– C'est exact, sourit la femme, et Krampus est un monstre autrichien qui, à Noël, vêtu d'une tête de chèvre et les ongles longs comme des griffes, pétrifie de terreur les méchants enfants de son seul regard noir. Quant à mademoiselle, la Befana est, en Italie, une sorte de mère Fouettarde qui, à Noël, punit les vilains enfants en les forçant à manger de la réglisse et du sucre noir qui donnent à leur langue la noirceur de leur âme.

– D'où sais-tu tout ça ? s'étonne l'homme, admiratif.

– Maman me le racontait, petite, pour que je ne les embête pas pendant le réveillon.

– Je suppose, Madame, que votre mère vous a aussi terrorisée avec Gryla, l'ogresse islandaise qui se promène la nuit de Noël avec un sac rempli d'enfants en pleurs qu'elle fait bouillir chez elle pour nourrir son troisième mari et son féroce chat.

– Bien sûr. Et El Cuco, en Amérique latine, qui fait à peu près la même chose mais ne cuisine les enfants que pour son propre régal. Tout ça n'est pas un hasard, n'est-ce pas ? Pas quand on travaille pour Sackmann Gourmet Traiteur…

– Pourquoi dis-tu ça ? s'étonne l'homme.

– Madame veut dire, à juste titre, que Sackmann est le nom que l'on donne au personnage noir de Noël, celui que les Français appellent le père Fouettard. Je reconnais que tout ceci n'est pas du meilleur goût, mais je dois préciser que vous êtes bien la première à vous en être aperçue.

– Rien de grave. C'est même plutôt amusant. Et surtout, cela n'enlève rien à l'excellent séjour que nous avons passé ici. Et j'espère que vous aurez aussi, à votre manière, renoué avec vos meilleurs souvenirs d'enfance.

– Madame est flatteuse, mais mon âge fait que j'ai connu une enfance sans Noël. N'oublions pas que ces festivités n'ont été à nouveau autorisées en Écosse qu'en 1958, alors que la célébration de la nativité avait été interdite par les protestants quatre cents ans plus tôt.

– Vous n'avez donc jamais fêté Noël dans votre enfance ?

– Pas à Noël, monsieur, mais au Nouvel An. Souvenez-vous de la chanson : *We wish you a merry Christmas AND a happy New Year.* Pendant les quatre cents ans d'interdiction, les gens d'ici ont profité des célébrations du Nouvel An pour fêter Noël au nez et la barbe du clergé anglican. D'ailleurs, vous continuez sans doute à le faire.

– Comment ça ?

– Quel nom donne-t-on au Nouvel An chez nous ?

– Hogmanay, pourquoi ?

– Parce que ça vient du français catholique et que ça signifie « *un homme est né* ». Avouez qu'on ne peut pas faire plus nativité que ça. Mais je ne voudrais pas vous retarder avec toutes ces vieilleries historiques. Permettez que nous chargions vos bagages dans votre véhicule pendant que vous terminez votre petit-déjeuner.

Ils sortent les bagages et Blackman s'étonne à nouveau.

– Ils ne se rappellent donc vraiment de rien ?

– Je vous l'ai déjà dit, Peter.

– Archibald, il y a eu sept morts cette nuit !

– Et alors ?

– Alors ces morts vont bien manquer à quelqu'un : à de la famille, à un employeur, à une entreprise… Ils ne peuvent pas avoir juste disparu comme ça !

– Peter, ne cherchez pas à comprendre ce que je ne peux pas vous expliquer. Disons que ces morts ont été réaffectés.

– Réaffectés !

– C'est le meilleur terme, je n'en trouve pas d'autres. Désormais, pour tous ceux qui les connaissaient et pour le reste du monde, chacun de ceux qui sont morts cette nuit dans ce manoir était déjà mort depuis longtemps. McFarlane est mort dans la même fusillade que celle où le gamin a perdu la vie. McKay s'est pendu chez lui, au lendemain du suicide de Ray Orbison. Toute la famille Edwards est morte chez elle à la suite d'une terrible scène de violence familiale. Les jumeaux ont dévissé cent mètres plus haut que l'endroit où ils avaient abandonné Werner et sont morts de la même manière que lui. Et James Woodward et Betty Coolridge se sont suicidés dans une maison d'hôte dans les Cairngorms, piégés par des amours inconciliables.

– Mais c'est impossible, Archibald, Ces gens étaient encore vivants hier. Il existe dans les journaux et les magazines des récits de cette dernière année de leur vie. L'article sur les jumeaux dans *Scotland Nature*, par exemple.

– Cet article n'existe plus, Peter. Plus rien n'existe de ce que ces gens ont vécu depuis l'accident qui les condamnait. Tout a été réaffecté, je vous dis. Leur mort, le souvenir des autres, l'état civil. Tout.

– Mais…

– Mais rien du tout, Peter, coupons-là, s'il vous plaît. Leur vie a été réécrite et leur mort aussi. Ils sont désormais morts comme ils méritaient de mourir à l'époque. Tout a été réaffecté, je vous dis. Regardez, vous voyez leurs voitures dans le parc ? Non. Et c'est normal : elles n'ont jamais existé puisqu'ils ne sont jamais venus ici. Pareil pour leurs bagages. Vous voyez des bagages abandonnés, Peter ? Et leurs corps, avez-vous retrouvé des corps dans ce qu'ils appelaient entre eux la chambre froide ? Ceux de Woodward et Coolridge dans leur chambre ? Ceux des jumeaux dans le parc ?

– Non, admet Peter Blackman dans un soupir.

– Et les trois mètres de neige, Peter, où sont-ils passés ?

– Ils n'ont jamais existé non plus, c'est ça ? La tempête n'a jamais soufflé ?

– La tempête et la neige n'ont existé que le temps pendant lequel elles ont été utiles à rassembler ici ces âmes condamnées. Quand elles ne l'ont plus été, elles ont disparu.

– Oui, mais nous, Archibald, nous, vous et moi, et les autres, Krampus et Befana, nous le savons bien, que tout ça a eu lieu. Nous en avons été témoins. Nous l'avons vécu, non ?

– Ne vous en faites pas, Peter, vous ne vous souviendrez bientôt plus de rien.

– Comment ça ? Vous voulez dire que ma mémoire aussi va être réaffectée ?

– Non, Peter, c'est beaucoup plus simple : vous et les autres n'aurez jamais rien vécu de tout ça parce que vous n'aurez pas existé.

– Pas existé ?

– Oui, Peter. D'ailleurs, vous n'existez déjà plus…

Quand ils quittent le manoir pour rejoindre leur voiture, le majordome est seul à les attendre. Ils se tiennent par la main, amoureux, et l'enfant gambade devant eux, heureux. Le majordome leur ouvre les portes et la femme s'extasie.

– Archibald, je ne sais pas comment vous avez fait pour assurer, seul, ce service impeccable. Tout était parfait, Archibald, l'accueil, le dîner, le petit-déjeuner, le service, les chambres, tout, absolument tout.

– Il n'y avait que vous trois, Madame, ce n'était vraiment pas une charge insurmontable. J'ai fait de mon mieux.

– Vous êtes un homme précieux, Archibald, et nous vous remercions pour cette soirée de réveillon extraordinaire. Tout ce que nous avions souhaité pour nous retrouver tous les trois dans le calme et la sérénité. Et une chose est sûre, Archibald : nous n'en parlerons à personne, de sorte que vous restiez à notre seul service l'année prochaine, quand nous reviendrons.

– Madame est trop bonne, mais si je peux me permettre un humble conseil, profitez de l'instant et du bonheur présents. Il sera toujours temps de savoir où nous serons l'an prochain.

Il s'assure qu'elle a bien rentré ses jambes et son manteau avant de refermer la porte sans la claquer. Il recule de deux pas, répond d'un signe de la main au salut de l'enfant à l'arrière, et regarde la voiture quitter le parc, la fine couche de neige gelée crissant sous les roues. Le soleil, à travers les branches, éclabousse d'un mouchetis de lumière le parebrise que le majordome a lavé et essuyé. La fine couche de neige au sol renvoie des reflets nacrés. Un éclat de lumière dans son rétroviseur attire le regard de l'homme. Le temps qu'il s'étonne que, derrière eux, le manoir ne soit plus qu'une ruine inhabitée dans un parc à l'abandon, il passe le portail et s'engage sur la route. Il ne voit pas le lourd tracteur piloté par un fermier déguisé en père Noël qui revient d'un réveillon à Gualachulain. Le choc est si violent que le couple et l'enfant meurent sur le coup.

– Pourquoi eux ? demande le père Noël.

– Ils devaient mourir, je suppose, puisqu'ils se sont trouvés là, ce n'est pas moi qui les sélectionne. Mais j'ai pensé qu'ils ne méritaient pas de souffrir, répond le majordome. J'ai pris sur moi de leur accorder cet ultime bonheur, contrairement aux autres.

– Mais le gosse, pourquoi le gosse ?

– Quoi, tu voulais vraiment qu'il survive pour être trimballé d'orphelinats en structures d'accueil ?

– Tu es trop sentimental. Allez, à l'année prochaine.

Dans l'instant où il lance le moteur, l'homme disparaît avec son tracteur. Le majordome regarde ce nouveau vide autour de lui, lève la tête vers le soleil, les yeux fermés, et redevient poussière à son tour. Seul reste un papier qu'il tenait à la main et qu'une brise légère fait planer quelques instants avant de le plaquer au sol sur la neige. Un dessin. Un dessin d'enfant. En haut de la page, d’une écriture maladroite, une adresse : Papa Noël, au ciel. En bas de la page, une signature en lettres capitales : E.L.I.O.T. Des flocons, ou des larmes peut-être, ont maculé le message. Mais on devine encore un homme et une femme allongés au sol. L’eau a dilué le rouge de leur sang. Un petit ange en robe plane au-dessus d’eux. Dans un coin, avec à la main ce qui ressemble à une arme, un petit garçon. La neige, qui imprègne par dessous le papier, en dissout le dessin et l’efface peu à peu.

Composition et mise en pages
Nord Compo à Villeneuve-d'Ascq